KB127969

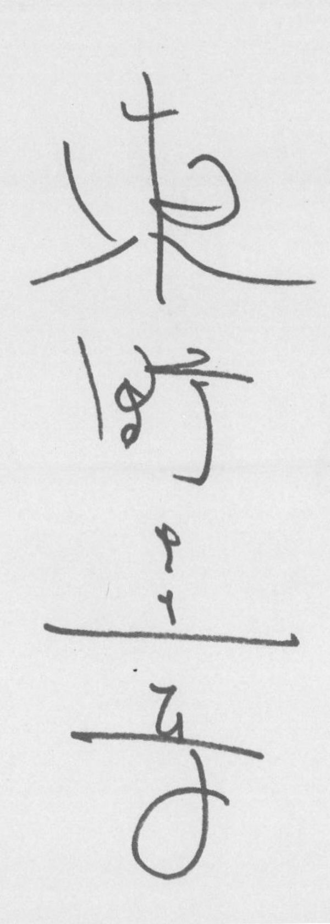

블랙 쇼맨과

환상의 여자

블랙 쇼맨과
환상의 여자

히가시노 게이고

최고은 옮김

차례

맨션의

여자

1

암갈색의 건물을 올려다보며 마요는 심호흡을 했다. 지은 지 20년도 더 된 건물에 있는 집이었지만 미나토구 시로카네(白金)에 자리한 데다 백 평은 더 되는 평수이니 아마 시세도 2억 엔은 더 되겠지. 잘만 풀리면 오랜만에 마음껏 실력을 발휘할 수 있겠다. 기대감에 가슴이 부풀어 올랐다.

공용 현관에서 305호실을 호출했다. 인터폰 시스템은 새것이었다. 수년 전에 대규모 리모델링을 했다고 들었는데, 그때 교체한 것이리라.

네, 여성의 목소리가 들렸다. 마요가 이름을 대자 옆의 문이 열렸다.

엘리베이터를 타고 3층에 내려 복도를 지나 305호실 앞에서 멈췄다. 명패는 걸려 있지 않았다. 초인종을 누른 뒤 다시 한번 심호흡을 했다.

문이 열리고 중간 기장의 머리카락에 마른 체격의 여성이 얼굴을 비췄다. 화장이 짙은 건 사람과 만나기 때문일까. 특히 눈썹과 눈 화장에 힘을 준 것 같았다.

"들어오세요."

"실례하겠습니다." 마요는 목례한 뒤 실내로 들어와 명함을 내밀었다. "분코 건축사무소 리폼 부서 가미오라고 합니다. 연락 주셔서 감사합니다."

여성은 명함을 보고 싱긋 웃었다.

"가미오 마요 씨. 젊은 분이시네요. 건축사라고 해서 나이 지긋한 남성분이 오실 줄 알았는데요."

"아…… 죄송합니다."

"싫다는 소리가 아니라, 여성분이라 잘됐다고 생각했어요. 죄송한데 제가 명함이 없어서요."

"괜찮습니다. 성함은 들었습니다. 우에마쓰 씨 되시죠?"

"네, 우에마쓰 가즈미예요. 잘 부탁해요."

"저야말로 잘 부탁드리겠습니다."

"들어오세요. 아무것도 없는 집이긴 하지만."

"실례하겠습니다." 마요는 구두를 벗고 가져온 슬리퍼로 갈아 신고 안으로 들어갔다.

정말 실내에는 아무것도 없었다. 석 달 전에 매입해두기만 하고 한 번도 거주하지 않았다니 그럴 법도 하다.

마요는 실내를 한 바퀴 둘러봤다. 사전에 조사해놓은 평면과 같았다. 2LDK•였는데, 거실과 주방 크기만 해도 다다미 스무 장••은 더 될 정도로 널찍했다.

우에마쓰 가즈미는 이 집을 1LDK로 만들어달라고 했다. 리폼보다 리노베이션이라는 표현이 적절하리라.

"혼자 사는데 방 두 개는 필요없죠."

"그러신가요."

우에마쓰 가즈미는 마흔 즈음으로 보였다. 화장기 없는 맨얼굴로도 미인으로 인정할 만한 외모이니 앞으로 연애 상대가 나타날 가능성도 없지는 않을 것이다. 하지만 설령 그렇다 해도 결혼할 생각은 없고 독신으로 살 모양이다. 정말 이만한 주택을 구입할 수 있는 경제력이 있다면 결혼할 필요성을 느끼지 못한다 해도 이상할 건 없다.

마요는 우에마쓰 가즈미가 바라는 집의 이미지를 파악하기 위해 질문을 던졌다. 일상생활에서 중요하게

• 거실(Living room), 식당(Dining room), 부엌(Kitchen room)의 약자로, 방 두 개에 주방과 거실 구조를 의미한다.

•• 일본에서는 다다미 한 장(1.53㎡)을 기준으로 방의 크기를 측정한다.

생각하는 것은 무엇인가, 생활 주기는 어떤가, 손님이 많이 오는 편인가, 동물을 키우는가, 등등. 하지만 그녀는 대부분의 질문에 앞으로 생각해보겠다고 대답했다.

"아직 생각을 안 해봤고, 정해진 것도 없어요. 새로운 집을 보고 정하려고요."

"그럼 현재 사시는 모습을 볼 수 있을까요? 우에마쓰 고객님의 라이프스타일을 조금이라도 파악할 수 있을 것 같아서요."

우에마쓰 가즈미는 내키지 않는 표정으로 고개를 갸웃했다.

"지금은 에비스(恵比寿)에 있는 원룸에서 지내는데, 리노베이션이 끝날 때까지 임시로 거주하는 거라 별 도움은 안 될 거예요."

"그럼 그전에는 어디 계셨죠?"

"그전에는…… 요코하마(横浜)인데요."

어찌 된 영문인지 목소리가 갑자기 어두워졌다.

"맨션이었나요?"

"아뇨, 연식이 있는 단독주택이에요."

"그러셨군요. 괜찮으시다면 그 집을 한번 보여주실 수

있을까요? 예전의 라이프스타일을 알면 작업하는 데 도움이 될 것 같아서요."

마요의 말에 우에마쓰 가즈미는 고개를 저었다.

"그 집은 팔려고 내놓았고, 짐도 모두 처분해서 본들 아무 도움도 안 될 거예요. 그런 절차가 꼭 필요하고, 그러지 않으면 견적을 낼 수 없는 거라면, 유감스럽지만 그쪽 사무실과는 인연이 없다 생각하고 단념하겠습니다. 다른 곳을 찾아보죠."

그때까지와는 백팔십도 달라진 냉담한 말투에 마요는 당황했다.

"절대 그런 건 아닙니다." 황급히 말을 이었다. "혹시나 해서 여쭤본 거고요. 그럼 제가 몇 가지 콘셉트를 준비할 테니, 그걸 토대로 상의하는 건 어떠실까요?"

우에마쓰 가즈미는 생긋 웃었다.

"좋아요. 그렇게 하죠."

"일주일쯤 시간을 주실 수 있을까요?"

"일주일, 알았어요. 기대할게요."

기분이 나아진 모양이다. 기대에 부응할 수 있도록 노력하겠다고 말하며 마요는 가슴을 쓸어내렸다.

일주일 뒤, 우에마쓰 가즈미에게 연락을 넣었다. 어떤 구조로 할지 대략적인 아이디어가 떠올랐기에 확인을 받기 위해서였다.

"전에 말씀하신 에비스 자택으로 찾아뵈면 될까요?"

마요의 물음에 우에마쓰 가즈미는 음, 하고 잠시 뜸을 들이다 말을 이었다.

"여기는 좀, 전에 말씀드렸다시피 원룸이에요. 게다가 요코하마 집에서 가져온 짐이 쌓여 있어서 도면을 펼쳐놓을 공간도 없어요. 그렇다고 카페 같은 데서 만나면 남들이 제 이야기를 들을까 봐 싫고요. 혹시 둘이서 조용히 얘기할 만한 데 없을까요?"

"그러시다면 알맞은 곳이 있습니다."

2

가게를 빌려달라는 마요의 부탁에 다케시는 술잔을 닦던 손을 멈추고 미간을 찌푸렸다.

"이런 시간에 무슨 일로 왔나 했더니. 나한테 허락도 없이 그런 걸 멋대로 정하면 어쩌라는 거냐."

"지금 부탁하잖아요. 영업시간 전인데 그 정도는 괜찮잖아요."

"영업 준비 중이라는 팻말 못 봤어? 영업 전에 이것저것 준비할 게 많다고."

"준비하면 되죠. 우리는 탁자하고 의자만 있으면 된다고요. 그리고 대체 뭘 준비하는데요? 술잔 닦는 것 정도잖아요."

"무슨. 할 일이 얼마나 많은지 알아? 예를 들면 손님이 칵테일을 추천해달라고 했을 때에 대비해 재료 재고도 살펴봐야 하고. 재고가 남은 걸 소진해야 하니까."

"그게 뭐야, 쩨쩨해!"

"그 손님이 몇 시에 오는데?"

"다섯 시에 보자고 했어요."

마요는 옆에 놓아둔 스마트폰을 보았다. 4시 반이 조금 지난 시각이었다.

"흥, 오늘만이다."

다케시는 다시 술잔을 닦기 시작했다.

"그러지 말고 앞으로도 좀 도와줘요. 오랜만에 들어온 큰 건이라고요. 그리고 의뢰인이 미인이에요. 화장은 진한 편이지만, 삼촌도 보면 마음에 들걸. 게다가 부자고."

다케시는 닦아놓은 술잔을 찬장에 두고 돌아봤다.

"진짜냐?"

"뭐가 진짜냐는 거예요? 미인? 아니면 부자?"

"물론 후자지. 부자야?"

"아마도요. 시로카네에 방 두 개짜리 맨션을 사서 리노베이션을 맡기잖아요. 예산은 삼천만 엔 이내라고 했지만, 콘셉트가 마음에 들면 분명 더 낼 것도 같았어요."

3천만이라. 다케시는 그렇게 중얼거리더니 뭔가 꿍꿍이가 있는 표정으로 말했다.

"확실히 VIP군. 무슨 일을 하는데?"

"투자 관련 일을 한다고 들었는데, 자세한 건 모르겠어요."

"돈이 열리는 나무라도 갖고 있는 건가."

"그럴지도 모르죠. 관심이 좀 생겼어요?"

"부자와 친해둬서 나쁠 건 없으니까. 제법 좋은 고객을 잡았네."

"아직 잡은 건 아니고요. 내 제안을 마음에 들어 할지가 관건이죠. 분명 다른 사무실에도 문의했을 테니까."

"뭐야, 자신이 없어?"

"우에마쓰 씨가 비밀이 많은 사람 같아서."

마요는 지난번 우에마쓰 가즈미와 만났을 때 나눴던 이야기를 했다.

다케시는 팔짱을 끼더니 침음을 흘렸다.

"말마따나 좀 수상한 사람이네."

"그쵸? 라이프스타일을 모르니 어떻게 설계할지 구상도 잘 안 잡히고."

"알았어. 나한테 맡겨둬라."

다케시는 가슴을 툭 치더니 안쪽 문을 열고 들어갔다. 그곳은 다케시가 거주하는 방이라고 들었지만, 마요는 들어가본 적이 없었다.

귀를 기울이자 희미하게 다케시의 말소리가 들렸다. 누군가와 통화를 하는 것 같았다.

돌아가신 아버지의 동생인 다케시는 마요의 얼마 없는 혈육이었다. 이곳은 다케시가 운영하는 '트랩핸드'라는 이름의 바다. 카운터석과 안쪽에 탁자가 하나 있는 작은 가게였다.

잠시 후 출입문에서 소리가 나더니 문이 열렸다. 조심스레 문 사이로 들여다보는 사람은 우에마쓰 가즈미였다.

"아, 우에마쓰 고객님." 마요는 의자에서 일어났다. "여기까지 오시게 해서 죄송해요."

"입구가 어디인지 헷갈려서요. 찾기가 쉽지 않더라고요."

"좀 그렇죠? 죄송합니다."

"비밀 아지트 같은 가게네요." 우에마쓰 가즈미는 가게 안을 둘러보았다. "가미오 씨 삼촌 가게라고 했죠?"

"네. 삼촌."

마요는 카운터 안쪽을 향해 다케시를 불렀다.

잠시 뒤, 문을 열고 다케시가 나왔다.

"삼촌, 이쪽이 아까 말씀드린 우에마쓰 고객님."

"어서 오십시오. 제 조카가 신세를 지고 있다고……." 그렇게 말하며 다케시는 우에마쓰 가즈미의 얼굴을 보고 앗, 하고 환한 표정을 지었다.

"마요한테 우에마쓰라는 희귀한 성을 듣고 같은 성을 가진 지인이 떠오르더군요. 혹시 우에마쓰 고키치 씨 사모님 아니십니까?"

우에마쓰 가즈미는 당황한 듯 눈을 깜빡였다.

"남편을 아시나요?"

"역시나, 댁이 요코하마 혼고초(本郷町)셨죠?"

"아뇨, 혼고초가 아니라……."

"아니었나요? 그럼 어디였더라."

"야마테초(山手町)예요."

"야마테초!" 다케시는 이마에 손을 올리며 말했다. "그랬나요. 전에 한번 찾아뵌 적이 있습니다. 빨간 벽돌로 된 문기둥이 기억나는군요. 그리고 거실에는 난로가 있었죠. 주변에도 큰 저택들이 즐비했는데…… 내 정신 좀 봐, 지금까지 혼고초라고 착각하고 있었네요. 하지만 말씀을 들어보니 그렇군요. 야마테초였어요. 죄송합니다. 착각했습니다."

청산유수로 떠들어대는 다케시를 보고 마요는 혼란에 빠졌다. 대체 우에마쓰 고키치가 누구지? 빨간 벽돌로 된 문기둥? 거실에 난로? 어디서 그런 정보를 물어온 거지. 게다가 우에마쓰 가즈미의 태도를 보아 하니 다케시가 쏟아낸 말들이 영 헛소리는 아닌 모양이었다.

"실례지만 남편과는 어떻게 아시는 사이시죠?"

우에마쓰 가즈미가 그렇게 물었다. 당연한 질문이었다.

"남편분께 가미오 다케시라는 이름을 들어본 적 없으신가요? 취미 동호회에서 만났는데." 그렇게 말하며 다케시는 오른손을 의미심장하게 움직였다. "아시겠습니까?"

"아, 그거 혹시 체스…… 인가요?"

바로 그겁니다, 다케시는 손가락을 튕기며 말했다.

"지금으로부터 칠팔 년 전이었던가요. 인터넷 체스 사이트에서 만났습니다. 몇 번 대전하는 동안 의기투합해서 개인적으로 연락을 주고받게 됐죠. 그러다 직접 만나자는 이야기가 나왔고, 제가 댁으로 찾아뵀지요. 그때 사모님과도 인사를 나눴는데……."

"저하고도요?"

"기억 안 나십니까? 하기야 오래 이야기를 나누진 않았습니다. 마침 외출하시던 참이었거든요."

"그랬나요. 그러고 보니 그런 일이 있었던 것 같기도 하네요. 죄송합니다. 남편 손님이 워낙 많았거든요."

"일일이 얼굴을 기억할 수는 없죠. 신경 쓰지 마십시오. 그나저나 마요의 고객님이 우에마쓰 씨의 사모님이셨다니 이런 우연이 다 있군요."

다케시는 마요를 보더니 불현듯 고개를 갸웃하며 우에마쓰 가즈미에게 시선을 옮겼다.

"어? 마요에게 듣기로는 혼자 사신다던데, 부군께서는……?"

우에마쓰 가즈미는 쓸쓸한 미소를 지었다.

"남편은 삼 년 전에 작고하셨습니다."

다케시는 무거운 한숨을 내쉬었다.

"그러셨군요. 고령이시긴 했지만 정정해 보이셨는데. 역시 지병인 당뇨병으로……?"

"맞아요. 여든둘이셨죠."

"상심이 크셨겠습니다. 체스 사이트가 문을 닫은 뒤로는 연락도 뜸해져서, 종종 잘 지내시는지 궁금했는데……. 삼가 고인의 명복을 빕니다."

"감사합니다."

"그러면 지난 삼 년간은 그 집에서 혼자 지내셨겠군요."

"네."

"적적하셨겠습니다. 그러다 이번에 이사할 결심을 하신 거고요."

"원래는 계속 그 집에 살 생각이었어요. 남편과의 추억이 담긴 집이니까요. 하지만 반년쯤 전에 도둑이 든 뒤로는 혼자 살기 무서워져서……."

"도둑이요? 큰일을 겪으셨군요."

"제가 집에 없어서 다행이었지만, 혹시라도 마주치기라도 했으면…… 상상만 해도 소름이 끼치죠."

우에마쓰 가즈미는 두 손으로 팔을 감쌌다.

"그러게 말입니다. 마요, 안쪽 탁자를 써라. 네 아이디어를 우에마쓰 씨에게 잘 설명 드려. 나한테도 중요한 분이니 실례되지 않게 잘 모셔야 한다. 우에마쓰 씨,

조카는 아직 애송이지만 건축사로서는 제법 실력이 괜찮습니다. 마음에 안 드시는 부분이 있으면 부담 없이 말씀하시고 원하시는 대로 만들어달라고 하십시오."

우에마쓰 가즈미는 네, 하고 미소 지었다.

"그럼 우에마쓰 고객님, 안쪽으로 가시죠."

뭐가 뭔지 영문을 알 수 없었지만 마요는 우에마쓰 가즈미를 탁자로 안내했다.

"진짜 그러지 좀 마요. 얼마나 조마조마했는데."

우에마쓰 가즈미를 배웅한 뒤 마요는 카운터 안쪽의 다케시에게 투덜거렸다.

"무슨 소리야?"

"무슨 소리긴. 갑자기 우에마쓰 씨 부군이 어쩌고 그랬잖아요. 그건 어떻게 알아냈어요?"

"그 정도는 식은 죽 먹기지. 아는 부동산에 연락해 요코하마에 매물로 나온 단독주택을 알아봐달라고 했더니, 우에마쓰 성을 가진 사람이 내놓은 물건이 한 채 있더란 말이지. 이 집이다."

다케시는 태블릿을 조작하더니 화면을 돌려 마요에

게 보여줬다. 화면 속 화양절충식 저택의 문기둥은 빨간 벽돌이었다. 그 옆의 평면도를 통해 거실에 난로가 있는 것도 확인할 수 있었다. 매매인의 이름은 '우에마쓰 고키치'였다. 부동산 업자가 개인 정보를 이렇게 유출해도 되는 건가. 다케시의 지인이라더니, 도덕관념에 상당히 문제가 있는 인물 같았다.

"우에마쓰 씨는 팔 년 전에 이 집을 일억 육천만 엔에 매수한 모양이야. 대출을 끼지 않고 전액 지불했다더군. 평범한 사람은 아니지. 소유자의 전체 이름을 인터넷에서 검색해봤더니 해당하는 인물의 정보가 나오더군."

다케시는 태블릿을 조작했다.

"우에마쓰 고키치. 아는 사람은 아는 사업가로, 젊었을 적에는 무역회사에서 근무하며 전 세계를 누볐다고 해. 유명 기업의 대표이사를 역임하면서, 본인도 다수의 기업을 경영했다고 하니 상당한 수완가였던 모양이야. 하지만 일흔 살에 부인이 세상을 떠나자 일선에서 물러났지. 부부 사이에 아이는 없었고, 자택을 처분한 뒤에는 요코하마의 고급 실버타운에서 지냈어. 하지만 일흔일곱 살 봄에 갑자기 재혼했지. 하지만 결국 여든

두 살에 당뇨병이 악화돼 별세했고. 우에마쓰 가즈미 씨가 직업을 가진 사람처럼 안 보인 것도 당연하지. 실제로 무직이고. 죽은 남편에게 물려받은 막대한 유산이 있으니 일할 필요가 있겠어?"

다케시는 다시 마요에게 태블릿을 내밀었다. 화면 속에서는 안경을 낀 백발의 노인이 웃고 있었다.

"고작 이 정도 정보로 그런 이야기를 지어냈어요?"

"이 정도면 충분하지."

"체스 이야기는 어디서 들은 거예요?"

"들은 이야기 아냐. 잘나가는 비즈니스맨이라면 인간관계를 위해 취미 한둘은 즐겼을 테지. 골프는 당연히 쳤을 테지만, 노년에는 다리가 안 좋아서 필드에 나가지 못했을 가능성이 있으니 바둑이나 장기 또는 마작을 염두에 두고 오른손을 애매하게 움직였지. 그랬더니 뜻밖에도 체스라는 답이 돌아와서 임기응변으로 이야기를 지어낸 거야."

"그랬구나. 용케도 적당히 말을 맞췄네요."

"적당히? 나름대로 조절하면서 대응한 거였거든? 처음에 요코하마의 혼고초라고 해서 우에마쓰 가즈미 씨가 정정하게 유도했지? 그것도 다 계산된 거야. 세세한 부분까지 정확히 기억하고 있는 것보다는 다소 기억에 착오가 있는 게 현실적이니까."

"못 살아. 뭣 때문에 그렇게까지 하는 건데?"

"뭣 때문에? 네 일이 잘 풀리게 하려고 이러는 거 아냐! 주택 리노베이션이라는 큰일을 맡기는데, 생면부지의 상대보다는 조금이라도 연이 있는 사람이 마음 놓이지 않겠어? 여기서 이야기를 들어봤는데, 너희 사무소랑 계약할 것 같던데."

"그건 그런데……."

"표정이 왜 그래? 뭐 마음에 걸리는 거라도 있어?"

"그건 아닌데……."

마요는 옆에 놓아둔 자료를 보며 한숨을 흘렸다.

오늘 마요는 세 종류의 리노베이션 플랜을 준비해왔다. 지극히 심플한 콘셉트, 과감한 콘셉트, 튀지 않는 정통파 콘셉트였다.

내심 자신 있게 디자인한 건 과감한 콘셉트였다. 일인 가구의 생활을 만끽할 수 있도록 넓은 거실을 휴식 공간과 업무 공간으로 나누고 각각 다른 느낌으로 디자인하고 다른 소재를 썼다. 어느 공간에 있느냐에 따라 기분이 확 달라지는 콘셉트였다. 두 번째로 자신 있던 심플한 콘셉트도 나쁘지 않았다. 벽 한 면에 수납 공간을 만들어 생활하는 데 필요한 최소한의 가구만 두도록 설계했다. 나머지 정통파 콘셉트는 솔직히 재미는 없었다. 어떤 건축사든 내놓을 수 있는 콘셉트라 스스로도 작업하며 딱히 즐겁지 않았다.

하지만 우에마쓰 가즈미가 선택한 건 정통파 콘셉트였다. 과감한 콘셉트와 심플한 콘셉트에는 눈길조차 주지 않았다.

"그건 어쩔 수 없지, 취향 문제니까. 너도 그래서 세 종류의 콘셉트를 준비한 거잖아. 그중에 하나가 마음에 든다니 잘된 거 아냐?"

"정말 마음에 든 걸까?"

"왜 그런 생각을 하는데?"

"왠지 가격으로 정한 것 같아서."

"제일 저렴한 견적을 고른 거야?"

"아니. 견적은 제일 비싸요. 평범하고 지루한 디자인이라 재료를 고급으로 했어."

"그런 가치관인가 보지. 물건의 좋고 나쁨을 가격으로 판단하는 사람도 있어."

"그럴 수도 있는데, 그게 다가 아니에요."

"뭔데?"

"우에마쓰 씨, 아무래도 다른 사무소엔 의뢰 안 했나 봐. 보통 이런 일은 잘 없거든요. 대부분의 고객들은 여러 사무소에 의뢰해 콘셉트와 견적을 낸 다음에 그중에서 본인 취향에 맞고 저렴한 콘셉트로 정하려 하는데."

"남편한테 막대한 유산을 상속받았으니 돈이 넘쳐나나 보지. 그렇게 부자인데 인색하게 굴겠어? 보통내기가 아니야."

"보통내기가 아니라니?"

"아마 젊었을 적부터 좋다고 쫓아다니는 남자가 한둘이 아니었겠지. 그런 남자들은 거들떠도 안 보고, 자기보다 갑절은 나이 먹은, 게다가 지병이 있는 영감을 잘 구슬러 결혼했잖아. 자식이 없으니 남편이 죽으면 전 재산은 자기 거니까. 그리고 계획대로 됐지."

"처음부터 유산을 노리고 결혼했단 소리예요?"

"그게 아니면 뭔데? 어쩌면 결혼 후에 의도적으로 당

뇨병이 악화되는 식단을 짰을 수도 있지."

"그만해요. 내 고객을 살인자 취급 말라고요."

불길한 상상에 마요는 등골이 서늘해졌다.

"설령 그렇다 하더라도 뭐 어때. 말해두지만 비난하려는 게 아냐. 오히려 찬사를 보내고 싶을 정도지. 고독한 영감님이 그 많은 재산을 저승길 갈 때 싸가면 누가 좋겠어. 고작해야 국고나 채워주겠지. 영감님도 노년에 젊은 여자하고 같이 살았으니 좋았을 거야. 그리고 영감님이 세상을 떠난 뒤 미망인이 유산을 물 쓰듯 쓰면 주변 사람들도 행복해지지. 문제는 그 남아도는 돈이 어떻게 하면 나한테까지 흘러오게 하느냐, 인데."

마지막 말은 혼잣말처럼 중얼거렸는데, 듣자 하니 농담 같지는 않았다.

3

탁자에 펼쳐놓은 도면 위로 마요의 손가락이 미끄러지듯 움직였다.

"침실 콘센트 위치는 두 군데를 생각해놨어요. 문 바로 옆에 하나, 안쪽 벽에 하나. 벽 쪽 콘센트는 텔레비전 안테나와 광케이블과 일체화된 겁니다. 최대한 거치적거리지 않는 위치 같아서 여기로 했는데, 나중에 침대 배치를 바꿀 걸 생각하면 위치를 변경해도 되고요."

우에마쓰 가즈미는 도면을 보며 고개를 갸웃했다.

"침대 배치를 바꿀 일이 그렇게 없을 것 같긴 한데, 뭐라 말을 못하겠네요. 마요 씨에게 맡길게요."

"그럼 일단 이 위치로 정하겠습니다. 아직 변경이 가능한 단계니까요."

우에마쓰 가즈미는 네, 하고 고개를 끄덕였다.

"한숨 돌리고 하시죠."

카운터 너머의 다케시가 말을 걸었다.

"오늘은 우에마쓰 씨께 선보이고 싶은 음료가 있습

니다."

"어머, 그게 뭘까요?"

"흑맥주를 싫어하시진 않으시죠?"

"안 싫어해요, 가끔 마시는걸요."

"그럼 이걸 드셔보십시오."

다케시는 잔과 접시를 카운터에 놓더니 맥주 캔을 따서 부었다.

우에마쓰 가즈미는 자리에서 일어나 카운터로 다가갔다. 마요도 뒤를 따랐다.

접시에 담긴 건 크림치즈를 올린 쿠키였다. 크림치즈 위에는 블루베리 소스를 곁들였다.

의자에 앉은 가즈미는 흑맥주를 마시더니 쿠키를 집어 입에 넣었다. 그러고는 눈을 빛내며 말했다.

"맛있어요."

"그렇죠? 흑맥주는 과자와도 잘 어울린답니다."

다케시가 흡족한 표정으로 말했다.

"삼촌, 내 거는?"

다케시는 말없이 흑맥주 캔을 마요 앞에 내려놓았다. 술잔에 따라줄 생각은 없는 모양이었다.

"쿠키는?"

"없는데."

"뭐?"

"마요 씨, 이거 들어요."

우에마쓰 가즈미가 쿠키를 권했다.

"먹어도 될까요?"

"물론이죠."

마요는 캔에 든 흑맥주를 마신 뒤 손을 뻗어 쿠키를 집었다. 우물우물 씹으니 적당한 단맛이 흑맥주의 여운과 섞여 입안에 퍼졌다. 맛있었지만 순순히 인정하기는 싫어서 뭐, 괜찮네, 하고 대답했다.

"우에마쓰 씨는 술을 좀 하십니까?"

다케시가 우에마쓰 가즈미에게 물었다.

"남들 마시는 정도로는요?"

"그럼 다음에 친구분과 한번 찾아주십시오. 취향에 맞는 칵테일을 만들어 드리겠습니다."

"어머, 기대되네요. 그럴게요."

새우로 도미를 낚을 셈이군. 두 사람의 대화를 들으며 마요는 그런 생각을 했다. 다케시는 이 참에 우에마쓰 가즈미를 단골로 삼으려는 심산인 듯했다.

맨션 리노베이션은 다행히도 마요의 회사에서 담당하게 됐다. 그 까닭에 자주 미팅을 하게 됐는데, 문제는 장소였다. 그래서 오픈 전에 가게를 좀 빌려달라고 다케시에게 정식으로 부탁했더니 의외로 흔쾌히 승낙해줬다.

매주 우에마쓰 가즈미와 그곳에서 미팅을 했다. 다케시에게 꿍꿍이가 없을 리 없으니, 언젠가 무슨 수작을 부릴 거라 생각하기는 했다.

"그렇게 말씀해주시니 말인데요, 마스터에게 부탁이 있습니다."

우에마쓰 가즈미는 머뭇거리며 이야기를 꺼냈다.

"무슨 일이십니까? 제가 도울 수 있는 일이면 뭐든 돕겠습니다."

"어려운 일은 아니고요. 조만간 이곳에서 사람과 만날 약속을 해도 될까요? 손님이 아니라, 마요 씨와 이렇게 만나는 것처럼 영업시간 전에 만나고 싶은데요."

"이곳에서 사람을요?"

다케시는 마요를 보았다. 이 건에 대해 들은 이야기

가 없느냐는 눈치라, 마요는 고개를 저었다.

"어떤 분이죠? 왜 여기서……."

다케시의 물음에 우에마쓰 가즈미는 불편한 듯 미간을 찌푸리더니 말문을 열었다.

"실은…… 제 오빠입니다."

"오빠라고요? 친오빠입니까?"

우에마쓰 가즈미는 네, 하고 작게 대답했다.

다케시는 환하게 웃으며 답했다.

"오빠분이시라면 대환영이죠. 그런데 왜 영업시간 전에 만나시려는 거죠? 혹시 술을 못하십니까? 그렇다면 알코올이 없는 음료도 얼마든지……."

"아뇨."

우에마쓰 가즈미는 살짝 힘이 들어간 목소리로 다케시의 말을 끊었다.

"그건 아니고요. 오빠와는 벌써 수십 년간 안 본 사이예요. 만나기 싫어서 피했죠. 연락도 전혀 안 하고 살았고요."

다케시는 당혹스러운 듯 입을 다물었다. 잠시 생각에 잠긴 듯하더니, 신중하게 물었다.

“뭔가 복잡한 사정이 있는 것 같군요.”

“죄송합니다. 제 얼굴에 침 뱉기라 별로 밝히고 싶지는 않지만, 부탁드리는 입장이니 최소한으로만 말씀드리겠습니다. 사실 저희 가족은 제가 어릴 적에 이미 공중분해됐답니다.”

“공중분해?”

다케시의 표정에 그늘이 졌다.

“아버지의 외도로 부모님이 이혼하셨어요. 저와 오빠는 어머니를 따라갔는데, 얼마 지나지 않아 어머니가 병으로 돌아가셔서 저는 중학교 이 학년 때 보육원에 맡겨졌죠. 고등학교 삼 학년이었던 오빠는 취직했지만, 저를 책임지기 싫었는지 소식을 끊었어요. 그때부터 나한테는 가족이 없다고 생각하고 살았습니다. 그런데 얼마 전에 오빠가 갑자기 에비스 집으로 찾아왔어요. 인터폰 모니터에 비친 모습을 보았을 때는 뭔가 낯이 익다 싶었지만 누군지 몰라봤습니다. 상대방이 이름을 댔을 때 심장이 튀어나올 정도로 놀랐죠. 소식이 끊긴 오빠 이름이었고, 그제야 모니터로 본 얼굴과 희미한 기억 속 얼굴이 일치했기 때문이었죠.”

그때의 충격이 되살아났는지 우에마쓰 가즈미는 가슴을 누르며 말했다.

"오빠분은 뭐라고 하십니까?"

다케시가 물었다.

"할 얘기가 있으니까 만나자고 했어요. 하지만 결심이 서지 않아서 문을 열어주지 않았죠. 그러자 안 만나주면 몇 번이고 찾아올 테고, 근처에서 나오기를 기다리겠다고 하더군요. 어쩔 수 없이 나중에 만나자고 하고 전화번호를 알려줬어요."

옆에서 이야기를 듣던 마요는 대충 사정을 파악했다.

"오빠의 볼일이 뭔지 짚이는 데가 있으신가요?"

"오빠는 아버지 일로 할 얘기가 있다고 했어요."

"아버님은 살아계십니까?"

"글쎄요…… 하지만 돌아가셨다는 연락을 받은 적은 없으니 아직 살아계실지도 모르죠."

우에마쓰 가즈미는 어두운 표정으로 그렇게 말하더니 애원하듯 다케시를 보며 말을 이었다.

"어떠신가요? 오빠와 이곳에서 만날 수 있게 장소를 빌려주실 수 있으신가요? 집에는 들이고 싶지 않고, 그렇다고 카페에서 만나고 싶지도 않아서 난처하답니다."

다케시는 의자에 앉아 생각에 잠긴 뒤 고개를 들었다.

"오빠는 지금 무슨 일을 하십니까?"

"모르겠어요. 안 만난 지 오래라."

"모니터에 비친 모습을 봤을 때 차림새는 어땠습니까. 넥타이는 하고 있던가요?"

"잘 기억은 안 나는데, 넥타이는 못 봤어요."

흐음, 다케시는 신음을 흘리더니 귀 뒤를 긁적였다.

"무슨 말이 하고 싶은 건데요?"

조바심을 참지 못하고 마요가 물었다.

"이십 년 만에 동생 집을 찾아오는 거면, 보통은 복장에 신경을 쓰고 선물이라도 하나 사들고 오겠죠. 그런데 우에마쓰 씨의 이야기를 들어보면 그런 여유가 없는 사람처럼 느껴져서요. 아마 그 볼일이라는 건 돈에 관련된 일일 가능성이 크겠죠."

"저도 그렇게 생각했어요."

말이 끝나자마자 우에마쓰 가즈미가 동의를 표했다.

"우에마쓰 고키치 씨와 결혼했다는 소식을 오빠에게 전하셨습니까?"

"천만에요. 하지만 최근에 알게 됐는지도 모르죠."
우에마쓰 가즈미는 우울한 표정으로 입술을 깨물었다.
"오빠분은 우에마쓰 씨가 지금 사시는 곳 주소를 어떻게 아셨을까요?"
마요는 머릿속 의문을 입 밖으로 냈다.
"그걸 모르겠어요. 전입 신고도 아직 안 했는데."
"혹시 우편물 전송 서비스를 신청하셨습니까?"
다케시의 물음에 우에마쓰 가즈미는 네, 하고 대답했다.
"꼭 받아야 하는 우편물이 있어서요."
"결혼 전에 본적이 어디셨습니까? 돌아가신 어머니 호적에 들어 있었죠?"
"그런데요……."
"그렇다면 지금 거주지를 찾아내는 건 어렵지 않습니다."
"어떻게?"
마요가 물었다.
"먼저 어머니의 호적 등본을 뗍니다. 사망해도 호적은 존재하니까요. 아들이니 구청에서 거부할 리 없죠. 그 등본에 우에마쓰 가즈미 씨가 결혼해서 나간 기록이 남아 있을 겁니다. 어느 호적에 들어갔는지, 세대주가 우에마쓰 고키치 씨라는 사실도 기록돼 있을 테니, 요코하마 야마테초의 주소를 알아낼 수 있죠." 다케시는 시선을 옮겨 우에마쓰 가즈미를 보았다. "오빠분은 먼저 그 집으로 찾아갔겠죠. 거기서 이사했다는 사실을 알았고요."

"하지만 전 이웃 사람들에게도 어디로 이사하는지 알리지 않았는데요."

"알아낼 방법은 여러 가지 있죠."

다케시는 고개를 흔들며 말했다.

"이를테면 초소형 GPS 발신기를 택배나 소형 우편물로 야마테초 주소로 보냅니다. 우편물 전송 서비스를 신청했으니 저절로 전송되겠죠. 자동적으로 새로운 주소를 알아낼 수 있습니다."

"그런 우편물을 받은 기억은 없는데요."

"잘 생각해보십시오. 이상한 우편물을 받은 적이 없는지. 그렇게 크지 않을지도 모릅니다. 두께는 고작해야 이 센티미터쯤 될 겁니다."

우에마쓰 가즈미는 한동안 생각에 잠기더니, 퍼뜩 고

개를 들었다.

"그러고 보니 이주일 전쯤에 모르는 회사에서 건강 보조식품 샘플을 보냈어요. 광고지도 들어 있었는데, 그런 회사에서 뭘 산 적이 없어서 이상하다 싶었죠."

"샘플은 스티로폼 케이스에 들어 있었죠?"

"그랬던 것 같아요."

"아마 그거겠군요. 스티로폼 속에 발신기를 숨겼겠죠. 우편함에 이름이 적혀 있습니까?"

"네, 성만……."

"그러면 우편함을 보고 집 호수도 알아낼 수 있었겠고요."

"아……."

우에마쓰 가즈미는 절망한 표정으로 신음을 흘렸다.

다케시는 말없이 고개를 끄덕인 뒤 그녀를 향해 웃으며 말했다.

"불안한 심정은 잘 알겠습니다. 저희 가게를 쓰십시오. 오누이가 이십 년 만에 재회하는 자리에 저도 함께 하도록 하죠."

4

카운터에 놓인 스마트폰의 시계가 4시 10분 전임을 알려줬다. 옆에 있는 우에마쓰 가즈미의 몸이 굳은 것 같았다. 상관없는 마요조차 안절부절못하고 있으니, 당사자는 긴장되지 않을 리 없겠지.

지난번 미팅으로부터 나흘이 지났다. 오늘, 이곳을 찾은 건 리노베이션을 위해서가 아니다. 우에마쓰 가즈미는 오빠에게 전화가 와서 이곳에서 만나기로 했다고 한다. 마요는 동석해달라는 그녀의 부탁을 받고 이 자리에 있었다.

오빠의 이름은 다케우치 유사쿠라고 한다. 다케우치는 우에마쓰 가즈미의 결혼 전 성이기도 한 셈이다. 나이는 저보다 네 살 위니까 올해 마흔일곱일 거라고 했다. 그렇다면 우에마쓰 가즈미의 나이는 마흔셋이다. 상상했던 것보다 나이가 많아서 마요는 내심 놀랐다. 짙은 화장이 효과를 발휘한 걸지도 모른다.

오늘도 카운터 안쪽에서 술잔을 닦고 있던 다케시가

"아, 맞다." 하고 동작을 멈췄다. "찾았습니다. 부군의 사진을."

"사진요?"

우에마쓰 가즈미는 고개를 갸웃했다.

다케시는 스마트폰을 들고 화면을 조작한 뒤 우에마쓰 가즈미 앞에 내려놓았다. 화면을 본 그녀는 앗, 하고 작게 외쳤다.

마요도 화면을 들여다봤다. 사진 속 세 사람은 집 앞에서 웃고 있었다. 온화한 생김새의 노인을 가운데 두고 오른쪽에는 다케시가, 왼쪽에는 우에마쓰 가즈미가 있었다. 그녀는 새빨간 재킷 차림이었고 머리가 짧았다. 지금보다 얼굴에 살짝 살집이 있어서인지 인상이 상당히 달랐다.

"그날 기념사진을 찍었던 게 생각나서요. 전에 쓰던 휴대전화 데이터를 뒤졌더니 나오더군요. 당시 성능이 떨어져서 카메라 화질은 안 좋네요."

다케시가 말했다.

"어렴풋이 기억나는 것 같아요. 옛날 생각나네요."

"멋진 재킷이네요."

"좋아하는 옷이었어요. 이 사진, 저한테 보내주실 수 있나요?"

"물론이죠."

두 사람이 사진 데이터를 주고받는 걸 보며 마요는 내심 혀를 찼다. 다케시가 우에마쓰 고키치의 체스 친구였다는 건 지어낸 이야기이니, 저 사진이 실제로 존재할 리 없었다. 우에마쓰 가즈미의 옛날 사진을 입수했을 리는 없으니 몰래 찍은 사진을 교묘하게 합성한 게 틀림없었다. 저런 사진을 좋아라 달라고 하는 우에마쓰 가즈미가 진심으로 안쓰러웠다. 아마 앞으로도 저 합성사진을 소중한 추억으로 줄곧 간직하겠지.

그런 생각을 하는데 갑자기 출입문이 열렸다. 문을 열고 들어온 건 짧은 머리에 삐죽삐죽 수염이 난 작고 통통한 체격의 남자였다. 그는 갈색 재킷을 걸치고 있었다.

우에마쓰 가즈미가 자리에서 일어나 남자에게 다가갔다.

"오랜만이야."

냉담한 말투였다. 인사말을 건네는 얼굴에는 아무 표

정도 없었다.

다케우치는 그녀의 얼굴을 뚫어져라 바라본 뒤 마요와 다케시를 힐끗 보며 말했다.

"둘이서만 이야기하고 싶은데."

"장소를 제공해주신 분들한테 나가달라고 할 수는 없잖아."

"그럼 밖에서 이야기하자."

"왜? 남이 들으면 안 될 이야기라도 하려고?"

다케우치는 미간을 찌푸리더니 우에마쓰 가즈미를 노려보았다. 하지만 그녀는 굴하지 않고 당당하게 시선을 마주쳤다.

"저희는 신경 쓰지 마시고 이야기 나누십시오." 다케시가 말했다. "엿들을 걱정은 안 하셔도 됩니다. 신경 쓰이시면 음악을 틀죠."

"댁은 뉘쇼?"

다케우치가 물었다.

"죽은 남편 친구분이셔." 우에마쓰 가즈미가 대답했다. "우리 집에도 한번 오신 적이 있고."

"가미오라고 합니다. 안쪽 탁자에서 말씀 나누시죠."

그렇게 말하더니 다케시는 선반의 오디오 기기를 조작했다. 실내에 재즈 음악이 흐르기 시작했다.

우에마쓰 가즈미가 탁자로 걸어갔다. 다케우치도 마지못한 표정으로 뒤를 따랐다. 두 사람은 탁자에 마주 앉았다.

계속 쳐다볼 수도 없어서 마요가 고개를 돌리자 다케시가 오른손으로 작고 하얀 뭔가를 내밀었다. 무선 이어폰이었다. 다케시의 왼쪽 귀에도 이어폰이 꽂혀 있었다.

마요는 받아 든 이어폰을 오른쪽 귀에 꽂았다. 즉시 남자 목소리가 들렸다.

'지금 어떻게 살지?'

흠칫해서 탁자를 보았다. 다케우치의 목소리였다.

'그게 무슨 상관인데? 빨리 용건이나 말해요.'

우에마쓰 가즈미가 대답했다.

마요는 다케시를 올려다봤다. 태연자약한 얼굴로 고개를 끄덕인다.

그런 건가. 마요는 사정을 파악했다. 우에마쓰 가즈미가 앉은 탁자 어딘가에 도청기를 설치한 것이다. 삼촌이 그런 장치들을 한두 개 갖고 있는 게 아니란 사실은 익히 알고 있었다.

대체 뭐 하는 사람인가 생각하며 마요는 귀에 신경을 집중했다.

'아버지 이야기를 하자고 부른 거야. 아버지는 지금 이바라키(茨城)의 요양원에 계셔. 소식을 모르다 얼마 전에야 만났는데 쓸쓸한 영감님이 되셨더군. 우리를 버리고 다른 여자와 살림을 차리더니, 결국 그 여자하고도 헤어진 모양이야. 재산 절반은 야무지게 챙겨갔다더군.'

'흐음, 그래요? 그러든 말든 나하고는 상관없는 이야기예요. 인연을 끊었으니까.'

'그렇게 말할 줄 알았지. 하지만 법적으로는 아니야. 부모가 이혼하든, 호적에서 나가든 친자관계는 영원히 변하지 않지. 무슨 말을 하고 싶으냐 하면, 부양의무 말이야. 부모가 가난해서 생활이 힘들면 법적으로 자식이 부양해야 하지. 아버지는 지금 가난해. 생활 보호와 연금으로 간신히 버티고 있지만, 그것도 한계야. 더구나 치매가 와서 사람과 대화하는 것도 불가능한 상태지. 감당하기 힘들어지자 요양원 사람이 공무원들에게

사정해 나한테 연락이 온 거고.'

'그럼 그쪽이 돌보면 되겠네요. 아들이니까.'

'그러고 싶어도 못 해. 내 한 몸 건사하기도 힘들거든. 딸자식 뒀다 뭐하겠어. 너 돈 많지? 요코하마 그 집 으리으리하던데. 어떻게 사는지도 다 알아. 돈 많은 영감을 잡아서 유산으로 한몫 챙겼다면서. 동네에 소문이 자자하던데.'

'설마 내 오빠라고 떠들고 다닌 건 아니지?'

'안 했지. 그러면 이웃들의 진심을 알아낼 수 없잖아.'

'다행이네요. 천박하고 수상한 오빠가 있다는 소문까지 안 붙어서.'

탕. 탁자를 내리치는 소리가 귓가를 때렸다. 마요는 두 사람을 힐끗 봤다. 정면을 보고 있는 우에마쓰 가즈미의 얼굴은 잘 보였다. 동요한 기색은 조금도 느껴지지 않았다.

'이야기를 계속하지.' 다케우치가 화를 참으며 말했다. '그래서 우리에겐 아버지를 부양할 의무가 있어. 나는 직접 수발을 드는 형태로 의무를 다하고 있고. 너는 아버지와 만나고 싶지 않을 테니, 돈으로 해결하면

어때? 한 달에 오십만 엔만 보내. 너한테도 나쁜 얘긴 아닐 텐데.'

'하하, 진심으로 하는 소리야? 내가 미쳤어? 그 돈을 주게.'

'법을 어기겠다고?'

'어기긴. 법은 내 편을 들어줄 것 같은데? 내 생물학적 아버지란 사람은 아내와 이혼한 뒤에 양육비도 제대로 주지 않았어. 내가 보육원에 들어간 뒤에도 부양의무를 일절 다하지 않았고. 그런 아버지인데 나한테 부양의무를 지라고 하겠어?'

'법대로 하자 이거야? 네가 그렇게 나온다면 나도 가정법원을 찾아갈 수밖에.'

'마음대로 하세요.'

'정말 그래도 된다고? 내심 불안한 거 아냐? 소송으로 번지면 너도 좋을 게 없을 텐데.'

'뭐가 좋을 게 없다는 거야? 그럴 일 없거든.'

'그래? 그렇게까지 버티면 나도 할 말은 해야겠어. 당신 입장을 생각해서 조용히 처리하려고 했는데, 이거 안 되겠군.'

'무슨 소리인지 모르겠는데?'

당신, 다케우치가 목소리를 낮췄다. '정말 가즈미 맞아?'

흠칫한 마요는 다시 두 사람을 보았다. 다케우치는 어깨를 움츠리고 몸을 내밀고 있었다. 우에마쓰 가즈미는 당혹스러운 표정이었다.

'그게 무슨 소리야?'

'말 그대로야. 당신, 가즈미 아니잖아. 대체 누구지?'

'뭐라고? 무슨 소리야? 난 우에마쓰 가즈미야.'

'아니, 어쩌면 현재 가즈미와는 닮았을지도 모르지. 사람들이 착각할 정도로 말이야. 하지만 내 눈은 못 속여. 삼십 년이 지났어도 남매는 남매니까. 당신은 가짜야.'

'진심으로 하는 소리야? 아니면 무슨 수작질이야? 뭐 하자는 건지 모르겠는데.'

'물론 진심이지. 직접 만난 건 오늘이 처음이지만, 오래전부터 당신을 관찰했어. 처음에는 가즈미인 줄 알았는데 점점 아니라는 생각이 들더군. 이렇게 직접 만나보고 확신했어. 당신은 내 동생이 아냐.'

우에마쓰 가즈미는 잠시 입을 다물었지만 이내 냉소를 지으며 말했다.

'그래. 한마디로 당신하고 나는 생판 남이고 아무 관계도 없는 사이란 뜻이지? 알았어, 그럼 됐어. 앞으로 더 만날 필요도 없겠네.'

'웃기지 마. 가즈미는 어디 있지? 당신은 알 거 아냐?'

'그래, 잘 알지. 진짜 가즈미는 죽었어.'

다케우치는 고개를 끄덕이며 말했다.

'역시 그랬군. 언제 어디서 죽었지?'

'언제? 어디서? 무슨 소리야? 그건 당신이 누구보다 잘 알 텐데.'

'무슨 소리지?'

'가즈미는 열세 살, 중학교 일 학년 때 죽었어. 네 살 많은 오빠에게 살해당했지. 그 후로 살아가는 사람은 가짜 가즈미야. 당신 말이 맞아. 여기 있는 난 가짜야.'

충격적인 고백에 마요는 곁눈질로 두 사람을 훔쳐봤다. 우에마쓰 가즈미의 얼굴은 가면처럼 무표정했다. 다케우치는 등을 돌리고 있어서 표정을 알 수 없었다.

우에마쓰 가즈미가 스마트폰을 들었다.

'하지만 내가 우에마쓰 고키치의 부인이었던 건 사실이야. 여기 증거가 있어. 남편과 함께 하코네에 갔을

때 사진이지. 잘 봐.'

'흥, 그런 사진은 얼마든지 조작할 수 있어.'

'그럼 이건 어때? 아까 가미오 씨한테서 받은 사진이야. 이분이 조작이라도 했다는 거야? 무엇 때문에?'

집 앞에서 찍었다는 사진을 보여주는 모양이었다.

'사진 속 여자는 당신하고 비슷하군. 진짜 가즈미인가. 하지만 화질도 안 좋은데 그게 증거가 될까?'

'내가 처음 여기 왔을 때 가미오 씨가 먼저 알아보고 말을 거셨어. 우에마쓰 고키치 씨 사모님이 아니냐고. 의심이 들면 가미오 씨한테 물어봐. 아니면 가미오 씨가 우연히도 사람을 잘못 본 걸까?'

다케우치가 슬쩍 고개를 돌렸다. 다케시를 본 것이리라. 당사자는 모른 척 찬장에 술병을 정리하고 있었지만, 왼쪽 귀에는 이어폰이 꽂혀 있었다.

'당신이 가즈미라면 병은 어떻게 됐지?'

'병? 무슨 소리야?'

'요코하마에 살 때 병원에 다녔잖아.'

'…… 그걸 어떻게 알지?'

우에마쓰 가즈미의 목소리에 긴장감이 배였다.

'조사했으니까. 정보 출처는 말 못 하고.'

'병이야 사람이면 걸릴 수도 있지. 지금은 괜찮아.'

'듣자 하니 꽤 중병이었다고 하던데.'

'정보원이 능력이 없네. 헛수고했어.'

다케우치가 크게 한숨을 내쉬는 소리가 들렸다.

'나는 안 믿어.'

'당신이 믿든 안 믿든 나하고는 상관없는 일이야. 이야기는 여기까지. 그만 돌아가줘.'

우에마쓰 가즈미는 스마트폰을 들더니 가슴을 내밀 듯이 허리를 꼿꼿하게 폈다.

'후회해도 난 몰라.'

'돌아가라고.'

우에마쓰 가즈미는 담백한 목소리로 다시 말했다.

두 사람은 한동안 눈싸움을 벌였지만, 이내 다케우치가 두 손으로 탁자를 내리치며 일어났다. 홱 몸을 돌리더니 성큼성큼 걸음을 옮기더니 마요와 다케시는 거들떠보지도 않고 거칠게 문을 열고 가게를 나섰다.

우에마쓰 가즈미가 일어났다. 마요는 오른쪽 귀에서 이어폰을 빼 카운터 구석에 놓았다.

"얘기는 다 끝나셨습니까?"

"저는 그렇다고 생각하는데, 상대방은 아닐지도 모르겠네요." 우에마쓰 가즈미는 난처한 듯 웃으며 마요의 옆에 앉았다. "우리 얘기, 들렸어요?"

"아뇨. 하지만 분위기가 별로 좋지 않은 건 느껴졌어요."

"이상한 소리를 하면서 생트집을 잡지 뭐예요. 나더러 우에마쓰 가즈미인 척하는 가짜라나. 황당하죠?"

"그러게요…… 생트집이긴 하네요."

"가미오 씨한테 옛날 사진을 받아두길 잘했어요. 바로 써먹었답니다."

우에마쓰 가즈미는 다케시를 보며 말했다.

"다행입니다."

다케시는 웃음으로 답했다.

우에마쓰 가즈미는 손목시계를 보더니 의자에서 일어났다.

"그럼 오늘은 이만 가보겠습니다. 마요 씨, 또 연락 주세요."

네, 하고 대답하며 마요도 일어났다. "다음번에는 욕

실을 둘러보실 수 있는 쇼룸으로 안내하겠습니다."

"욕실이라. 기대할게요." 문으로 나가려던 우에마쓰 가즈미가 뭔가 생각난 듯 걸음을 멈추고 돌아봤다. "마요 씨한테 부탁하고 싶은 일이 있는데요."

"무슨 일이시죠?"

"저 남자가 에비스 집을 아니까 언제 또 쳐들어올지 몰라요. 미행하거나 어디서 기다리고 있으면 싫으니까, 차라리 이사를 갈까 해요. 시로카네 집 공사가 끝날 때까지 잠깐 머물 수 있는 집이 없을까요?"

"아마 있을 거예요. 하지만 새로 집을 구하실 때까지는 어쩌시려고요?"

"그게 문제죠. 찜찜해서 오늘 밤부터 호텔에 묵으려고요. 또 하나 부탁이 있는데, 이사 당일에 저 대신 에비스 집에 가줄 수 있을까요? 포장 이사 업체에 전부 부탁할 거라 현장에 있어만 주면 돼요."

"멋대로 들어가도 될까요?"

"괜찮아요. 남이 보면 안 되는 물건 같은 건 없으니까. 그리고 짐이 어느 정도인지 확인해두는 게 다음 집을 구하는 데도 도움이 되지 않을까요?"

"네, 맞아요. 알겠습니다. 그럼 제가 가보겠습니다."

"고마워요." 우에마쓰 가즈미는 가방에서 키홀더를 꺼내더니 거기서 열쇠 하나를 뺐다. "열쇠 먼저 줄게요."

"네."

마요는 열쇠를 받았다.

"그럼 잘 부탁해요. 가미오 씨도 감사했습니다."

"또 들르십시오."

다케시가 대답했다.

문이 완전히 닫히자 마요는 한숨을 내쉬었다. 뭔가 온몸이 피곤했다.

"삼촌, 기운 나게 마실 것 좀 줘요."

다케시는 냉장고에서 작은 병을 꺼내 카운터에 내려놓았다. 비타민 드링크였다.

"이게 뭐예요? 바에서 마실 거 달라면 당연히 술이죠."

"일단 그것부터 마셔. 안색이 안 좋다."

다케시의 말에 마요는 마른세수를 했다.

"앗, 그런가. 아마 두 사람의 얘기를 듣고 너무 놀랐나 봐. 삼촌도 놀랐죠?"

마요는 비타민 드링크 병을 손에 들고 뚜껑을 돌리

며 물었다.

"생각지 못한 발언이 좀 있었지. 중학교 일 학년 때 오빠한테 죽었다는 말이나. 아마 뭔가 비유일 테지만."

"그전에 다케우치 씨의 발언도 충격적이었잖아요. 못 들었어요? 가즈미 씨한테 가짜라고. 왜 그런 소리를 했을까?"

"그렇게 생각했으니까 그랬겠지."

"그래도 삼십 년을 안 보고 살았는데. 이미지가 좀 다르다고 가짜라고까지 하나?"

마요는 비타민 드링크를 단숨에 들이켰다. 입안에 퍼지는 약 냄새에 무심코 얼굴을 찡그렸다.

"삼촌, 물 좀 줘."

"너한테 할 말이 있다. 우에마쓰 가즈미 씨 얘기야."

다케시는 물컵을 마요 앞에 놓으며 말했다.

"뭔데요?"

마요는 묻고 나서 물컵을 입에 댔다.

"그 사람은…… 가짜야."

놀라서 마시던 물을 뱉을 뻔한 마요는 황급히 가슴을 쳤다.

"지금 뭐라고 했어요?"

"가짜라고. 그 여자는 우에마쓰 가즈미가 아니야."

"농담이죠?"

다케시는 진지한 표정으로 스마트폰을 조작하더니 마요에게 화면을 내밀었다. 요코하마 집 앞에 서 있는 다케시와 우에마쓰 부부의 사진이었다.

"그 사진이 조작된 사진이라는 건 알아. 어떻게 합성한 거예요?"

"얼굴 사진만 있으면 이 정도는 식은 죽 먹기지. 우에마쓰 고키치 씨의 사진은 인터넷에서 쉽게 찾을 수 있으니까."

"우에마쓰 가즈미 씨의 사진은?"

"처음 가게에 왔을 때 찍은 사진을 썼지."

"어느 틈에 찍었대?"

"성능 좋은 방범 카메라를 설치해뒀어. 이십사 시간 촬영하고 있지."

"정말? 어디 있는데?"

마요는 카운터 안쪽을 둘러봤다.

"쉽게 찾을 수 있는 곳에 달아두면 방범 카메라가 아

니지."

"그럼 지금도 찍고 있는 거? 뭐야, 기분 나쁘게. 거의 도촬한 거잖아요."

"이 정도로 경계하지 않으면 혼자서 주정뱅이들을 상대하기 어렵지. 그건 그렇고, 그 사진을 조작해 기념사진을 만들었는데, 얼굴만 가즈미 씨고 몸은 다른 사람이야. 그런데 그 사람은 그 빨간 재킷이 좋아하는 옷이라고 했어."

"당시에 우에마쓰 씨도 비슷한 옷을 갖고 있던 건 아니고요?"

"이런 새빨간 재킷을? 말해두지만 이 옷은 올해 나온 제품이야. 설령 빨간 재킷을 가지고 있더라도, 디자인이 다르다는 걸 알아채지 않을까?"

타당한 지적이라 마요는 반박할 수 없었다. 하지만 스마트폰 사진을 보다 보니 또 다른 의문이 피어올랐다.

"삼촌, 혹시 우에마쓰 씨가 지적하면 어쩔 작정이었어? 이런 재킷은 없다고 하면?"

"그때는 장난이었다고 얼버무리려고 했지. 그래도 내 목적은 충분히 달성할 수 있으니까."

"목적?"

"그 사람이 우에마쓰 가즈미 본인인지, 아니면 가짜인지 확인하려고 했지."

마요는 눈을 휘둥그레 뜨며 다케시를 보았다.

"삼촌, 그걸 의심하고 있었어요? 왜?"

다케시는 스마트폰 화면을 가리켰다.

"이건 합성사진이지만, 이 중에 진짜가 하나 있어. 배경인 집이지. 얼마 전 요코하마 야마테초에 가서 우에마쓰 부부의 옛집을 보고 왔지. 그때 촬영한 거야. 그뿐 아니라 동네를 돌며 이런저런 이야기를 들었지."

"일부러 그렇게까지?"

"귀여운 조카의 일이 조금이라도 잘 풀렸으면 해서."

"거짓말. 삼촌이 날 위해 그런 귀찮은 짓을 할 리 없잖아요."

하하하, 다케시는 건조한 웃음을 흘렸다.

"역시 안 통하는군. 우에마쓰 씨는 친오빠와 만나는 걸 싫어했어. 그래서 뭔가 도움이 될 수 없을까 해서. 까놓고 말하자면 부자에게 빚을 하나 만들어놓으려던 거지."

"그러시겠죠. 그 말은 믿음이 가네."

"왜 우에마쓰 씨의 오빠가 이제 와서 동생을 만나려 하는지, 그 이유를 알아내는 게 시급하다 생각했지. 아마 그 남자는 우에마쓰 부부가 살던 동네에서 여기저기 쑤시고 돌아다녔을 테니, 그 내용을 알아보기로 했지."

"알아보다니, 어떻게?"

"형사인 척 그 근처 집들을 찾아갔어. 최근에 우에마쓰 씨에 대해 묻고 다니는 수상한 남자가 있다는 신고가 들어왔는데, 댁에는 안 왔느냐고."

"형사인 척이라……."

삼촌의 특기였다. 이러다 진짜 형사한테 걸려서 잡혀가는 건 아닌지 마요는 마음이 편치 않았다. 그나저나 이 수상쩍은 겉모습을 보고도 왜 다들 형사라는 말을 믿는 걸까.

"예상대로 몇몇 주민들이 유익한 정보를 제공해주더군. 스즈키라는 자칭 자유기고가가 저명한 사업가였던 우에마쓰 고키치 씨의 자서전을 집필 중이라며 협조해 달라고 했다더군. 고키치 씨의 인품에 대해 질문을 좀 한 뒤에 부부가 어떻게 살았는지, 젊은 부인과의 결혼

생활에 대해서 물었던 모양이야. 그 이야기를 듣고 스즈키는 바로 우에마쓰 가즈미 씨의 오빠이고, 그녀가 물려받은 유산이 얼마나 되는지 조사하는 거란 생각이 들었지."

"유산이 상당할 테니 얼마쯤 달라고 하려는 수작이겠죠."

"하지만 여기서 끝이 아니야. 스즈키는 우에마쓰 가즈미 씨가 이사 간 집까지 물었어. 모른다고 대답하자, 마지막으로 본 게 언제냐고 물었다더군. 이상한 건 여기서부터야. 한 주민이 석 달 전에 만났다고 대답하자, 그 사람이 진짜 우에마쓰 가즈미 씨였냐, 꼭 닮은 다른 사람일 가능성은 없느냐고 물었다고 해."

"대체 무슨 질문이래요?"

"이상하지? 하지만 비슷한 질문을 받았다는 사람이 한둘이 아니었어. 그 얘길 듣고 우에마쓰 가즈미 씨의 오빠는 아무래도 그녀를 가짜 혹은 대역일 거라 의심한다는 사실을 깨달았지. 그럼 왜 그런 의심을 품게 된 걸까. 그걸 생각할 때 힌트가 돼준 게, 스즈키가 근처 주민들에게 던졌다던 또 하나의 기묘한 질문이었어.

최근 가즈미 씨의 컨디션이 어때 보였느냐, 병원에 다니다는 이야기를 들은 적이 없느냐, 그녀의 건강 상태를 무척이나 궁금해했다더군. 딱 감이 왔지. 가즈미 씨의 오빠는 어떠한 이유로 그녀가 불치병에 걸렸다는 사실을 알았다. 하지만 그 후에 건강을 되찾은 걸 보고 수상하게 여겼고, 혹시 가짜일지도 모른다고 의심하기 시작한 거야."

청산유수로 말을 쏟아내는 다케시를 마요는 뚫어져라 바라봤다.

"왜? 내 얼굴에 뭐 묻었냐?"

"아니, 그 정도 정보로 용케도 거기까지 추리했다 싶어서 감탄했죠."

"이 정도가 무슨 추리라고. 머리를 조금 쓰면 누구든 떠올릴 법한 생각이지. 널 기준으로 생각하지 마라."

"머리를 못 쓰는 사람이라 죄송하네요. 그래서 그 건강 상태에 관한 질문에 이웃들은 뭐라고 대답했대요?"

"대답하지 않았어." 다케시는 무뚝뚝하게 대답했다. "애초에 오다가다 마주치면 인사나 나누는 사이였으니, 그런 개인적인 일까지는 모른다. 대부분은 그렇게 대답했지. 그나마 가장 가까웠던 이웃집 사람조차 지난 일 년 동안 이야기를 나눈 적이 없다더군. 모습을 본 적도 거의 없었다고. 조금 안 보는 사이에 분위기가 달라졌다는 느낌은 받았지만, 병에 걸린 것 같지는 않았다고."

"동네 사람들이면 본인에게 듣지 않는 이상 병에 걸렸는지 아닌지는 알 수가 없죠."

"아무튼 난 이걸 주민들에게 보여줬어. 그리고 가즈미 씨가 맞는지 물어봤지."

다케시는 스마트폰을 조작해 마요 앞에 놓았다. 화면에는 카운터에 앉아 있는 우에마쓰 가즈미의 모습이 담겨 있었다. 복장으로 보아하니 지난번 이곳에 왔을 때 몰래 찍은 사진 같았다. 보아하니 카메라는 다케시의 등 뒤에 있는, 술병이 늘어선 선반에 설치된 모양이었다.

"사람들이 뭐래요?"

"아마 맞는 것 같다고 하더군. 하지만 그다지 자신 있는 태도는 아니었어. 그 정도로 평소 왕래가 없었던 거지."

"쌍둥이처럼 닮은 다른 사람일 가능성도 있다는 거?"

"아주 많지. 그래서 확인해보기로 했어. 아까 그 기념 사진을 가지고 말이야. 본인이라면 기억에 없다고 단호하게 부정하겠지. 하지만 그녀는 어렴풋이 기억난다, 그립다는 말까지 했어. 그 순간 가짜라고 확신했지."

"어쩌다 이렇게 된 거지?"

"사정을 파헤쳐야 해. 이러다가 너한테까지 불똥이 튈 수도 있으니까."

"그건 그런데, 어떻게 하라는 건데요."

"일단 그 사람에 대해 조사해야지. 신변 조사, 어떤 생활을 하고 있는지."

"어떻게? 난 형사 흉내 자신 없는데."

"누가 그런 짓을 하래. 아까 최강의 무기를 받았잖아."

다케시는 마요의 가방을 가리켰다.

5

우에마쓰 가즈미가 임시로 거주하는 맨션은 에비스 역에서 걸어서 5분 거리에 있었다. 1층과 2층에 상업 시설이 있는 주상복합 6층이었다.

공용 현관을 지나 엘리베이터를 탔다. 한 층에 서너 가구가 있었다. 마요가 사전에 조사한 바로는 평면은 달라도 모두 1인가구용 원룸이나 1LDK였다.

우에마쓰 가즈미가 사는 603호실은 엘리베이터에서 가장 떨어진 집이었다. 죄책감을 느끼며 문을 열고 안으로 들어갔다. 곧바로 센서가 움직임을 감지해 조명이 켜졌다.

비좁은 현관에서 운동화를 벗고 방으로 들어갔다. 벽의 스위치를 눌러 실내에 불을 켰다. 곧바로 눈에 들어온 건 벽 쪽에 쌓여 있는 종이 박스였다. 2, 3단으로 쌓여 있는 박스에는 내용물을 적어놓은 라벨이 붙어 있었다. '고키치(서재)'라는 글자가 눈에 들어왔다. 요코하마 집에서 가져온 것이리라.

그 밖에는 침대와 작은 식탁과 의자가 있을 뿐, 생활감이 느껴지는 물건은 거의 없었다. 임시 거처니 당연하다면 당연하지만, 잘 정리하고 산다기보다는 살풍경한 인상을 줬다.

"괜찮은 집이네." 뒤에서 다케시가 말했다. "역에서도 가깝고, 집세는 얼마래?"

마요가 실내를 다시 돌아보며 대답했다.

"삼십 제곱미터, 지은 지 이십 년 된 집이고 십칠만쯤 하겠네요."

"괜찮네."

다시 그렇게 말하더니 다케시는 안으로 들어가 커튼을 젖혔다. 발코니 너머로 상업용 빌딩의 화사한 불빛이 빛나고 있었다.

7시를 조금 넘긴 시각이었다. 평소였다면 바 영업을 시작했을 시간이었지만 다케시는 급히 임시 휴업 간판을 내걸고 우에마쓰 가즈미의 집을 살펴보자고 제안했다.

"그래서 뭘 하면 되는데요?"

다케시는 쌓아놓은 종이 박스를 보았다.

"아마 이 박스 안에 힌트가 숨겨져 있을 거야. 그걸

찾아야지."

"멋대로 열자고요?"

"당연하지. 뭣 때문에 여기 왔는데."

"아니, 사생활 침해잖아. 고소당하면 어쩌려고."

"왜 들키는데? 보고 원래대로 돌려놓으면 되지. 그리고 아마 우에마쓰 씨는 네가 종이 박스를 열어볼 걸 예상하고 있을 거야."

"설마. 무슨 근거로 그런 소리를 하는 거예요?"

"이사할 때 최종 점검을 부탁하려는 거라면 열쇠는 직전에 주면 돼. 짐이 얼마나 되는지 알아두면 집을 구하는 데 도움이 될 거라는 소리도 억지스럽지. 이곳과 비슷한 면적과 구조의 집을 찾으면 되니까. 우에마쓰 씨는 네가 이 집의 짐을 살펴보고, 우에마쓰 가즈미 본인이 틀림없다고 확신할 걸 기대하고 있는 거야. 거꾸로 말하면 그녀는 본인이 아니라 다른 사람이고 실은 가짜라는 사실을 말해주고 있지. 우선은 이 박스를 열어보자."

다케시는 박스에 붙은 라벨을 확인하더니 그중 하나를 가리켰다. 라벨에는 '증권, 증명 서류'라고 적혀 있었다.

다케시는 종이 박스를 바닥으로 내렸다. 테이프를 뜯고 박스를 열자 파일과 투명 서류 보관함이 나왔다.

서류 보관함의 작은 서랍을 살펴보던 다케시가 "오, 열자마자 하나 건졌네." 하고 여권을 꺼냈다. "발급 연도는 팔 년 전이야. 홍콩에 갔었네. 연상의 남편과 신혼여행을 떠났던 걸지도 모르겠군. 어때?" 펼친 페이지를 마요에게 내밀었다.

마요는 사진을 뚫어져라 바라봤다. 무심코 음, 하는 소리가 흘러나왔다.

"어때, 네가 만난 우에마쓰 가즈미와 동일 인물 같아?"

다케시가 다시 물었다.

음, 마요는 다시 신음을 흘렸다.

"동일 인물이라고 하면 딱히 의심은 안 할 것 같아."

"다른 사람이라고 하면?"

"아, 그렇구나. 엄청 닮았네, 하고 말겠지. 사진만 보면 닮은 사람도 있으니까."

다케시는 고개를 끄덕였다.

"냉정하고 객관적인 의견이야. 사진만 놓고 닮았는

지 아닌지 비교한들 의미가 없지. 최신 스마트폰의 얼굴 인식 시스템이면, 얼굴 사진으로는 인증이 안 돼. 정보로서 불충분하니까. 얼굴 사진 옆에 더 정확한 정보가 있지." 다케시는 '우에마쓰 가즈미'라고 자필로 쓴 서명란을 가리켰다. "리모델링 관련해 서명을 받은 서류 있지? 지금 갖고 있어?"

"아, 있을 거예요."

마요는 가방에서 파일을 꺼냈다. 오늘은 딱히 미팅이 잡혀 있지 않았지만, 혹시나 해서 가져왔다.

주방과 욕실 공사에 관한 확인서를 파일에서 꺼냈다. 분명히 서명이 돼 있었다.

서류와 여권을 탁자에 늘어놓았다. 두 개의 서명을 비교해봤지만, 큰 차이는 없었다. 동일 인물이 했다고 하면 딱히 의심하지 않을 것이다. 마요가 그렇게 말하자 다케시도 고개를 끄덕였다.

"네 말대로 비슷해. 전문 필적 감정사가 보면 알아챌지도 모르겠지만, 일반인은 어렵지. 우에마쓰 씨가 서명할 때 뭔가 부자연스러운 점은 없었어? 너무 시간을 들여 정중하게 썼다든지."

마요는 고개를 저었다.

"아냐. 늘 막힘없이 썼는걸요."

"그래. 나도 필적 위조엔 자신이 있는 편이라 아는데, 자연스럽게 썼는데 이렇게까지 비슷하단 건, 손재주가 꽤 좋다는 뜻이겠지. 연습도 상당히 했을 테고."

"연습…… 한 걸까?

"학습도 했겠지."

"학습?"

"종이 박스를 잘 봐. 제일 위에 있는 박스 라벨에는 '증권, 증명 서류', '교우관계', '추억의 물건'이라고 적혀 있어. 모두 프라이버시에 관련된 물건이지. 게다가 자세히 보면 종이박스는 새것인데 테이프를 한 번 뜯은 흔적이 있지. 그 사람은 완벽한 우에마쓰 가즈미가 되기 위해 개인정보를 철저하게 외우려는 게 아닐까. 틈만 나면 박스 속 자료를 훑으며 학습하고 있을 거야. 언제 어디서 누구와 만나, 무슨 질문이 들어와도 곤란하지 않도록."

마요는 종이 박스와 작은 탁자를 번갈아 바라봤다. 자신을 우에마쓰 가즈미라고 소개한 그녀가 밤늦게까지 다양한 개인정보를 외우려 애쓰는 모습을 상상하니 소름이 돋았다.

"그럼, 진짜 우에마쓰 가즈미는 어디 있죠?"

다케시는 팔짱을 꼈다.

"문제는 그거야. 넌 어떻게 생각해?"

"어떻게라니?"

"살아 있을 것 같아?"

직설적인 질문에 마요는 흠칫했다.

"그것부터 묻는 거예요?"

"하지만 제일 중요한 건 그거잖아. 어떻게 생각해?"

"살아 있지…… 않을 것 같은데."

"그 가능성은 부정할 수 없지."

불길한 상상이 마요의 머릿속을 스쳐 지나갔다.

"혹시……."

"왜?"

마요는 고개를 저었다.

"아무것도 아니에요."

"말을 왜 하다가 말아. 마음에 걸리는 게 있으면 똑바로 말해."

"마음에 걸리는 게 아니라 어떤 상상이 떠올랐다고 할까, 아마 그런 일은 없을 테지만…… 역시 관둘래요."

마요는 말을 끝맺지 않고 입을 다물었다.

다케시는 얼굴을 찌푸렸다.

"도중에 관둘 거면 처음부터 말을 말든가. 이 말이 하고 싶은 거지. 가짜가 진짜 우에마쓰 씨를 죽인 게 아니냐고. 그리고 본인인 척 막대한 유산을 가로챘다고."

정답이었다. 마요는 고개를 숙이고 시선을 들어 다케시를 보았다.

"말도 안 되죠?"

"모르지. 그럴 수도 있고."

"네?"

"삼류 미스터리 소설에나 나올 법하지만, 가능성은 충분히 있지."

"말도 안 돼…… 충격적이야." 마요는 여권 사진을 다시 봤다. 자신이 아는 우에마쓰 가즈미의 얼굴을 떠올리고 둘을 비교하려 했다. 하지만 그전에 다른 감정이 솟아올랐다. "아니. 난 역시 못 믿겠어."

"그 우에마쓰 가즈미가 가짜라는 걸?"

"그도 그럴 것이 우에마쓰 씨가 사람을 죽일 것처럼 보이지 않아요. 여러 번 만났지만 정말 좋은 사람이었다고요." 거기까지 말하고 나서 마요는 다케시의 싸늘한 시선을 느꼈다. "내가 사람 보는 눈이 좀 없을지도 모르지만……."

"아니까 다행이네."

마요는 발끈해 다케시를 노려봤다.

"그래도 그 사람이 가짜라고 밝혀진 건 아니잖아. 아무 증거도 없고."

"네 말이 맞아. 그러니까 작업을 계속하자고."

다케시는 몸을 돌려 종이 박스를 들여다봤다.

"하지만 삼촌의 가설에 따르면 우에마쓰 씨는 우리가 짐을 뒤져볼 걸 예상하고 있었다면서요. 그렇다면 만일 가짜라고 해도 그 증거가 될 만할 걸 여기 두지는 않았겠죠. 아까 여권을 봐요. 절대로 의심받지 않을 거란 자신이 있으니까 일부러 금방 눈에 띄는 곳에 넣어놨을지도 몰라."

다케시는 한쪽 눈을 치켜뜨며 감탄한 듯 말했다.

"호오, 제법 말이 되는 소리를 하는군. 네 의견에 나도 동감이다. 하지만 아무리 신중한 사람이라도 반드시 실수를 하는 법이지. 철저하게 조사하면 뭔가 나올 거야."

말을 마친 다케시는 다른 종이 박스를 들어 바닥에 내려놓았다. '교우관계'라고 적힌 라벨이 붙은 박스였다. 하지만 박스를 열기 전에 마요를 돌아봤다.

"돕지 않고 뭘 멍하니 있는 거냐. 다른 박스를 뜯어봐."

"어떤 박스요?"

"아무거나. 그 정도는 알아서 생각해라."

그렇게 말해도 뭘 조사해야 할지 모르겠다고. 마요는 쌓여 있는 종이 박스를 쳐다본 뒤 '추억의 물건'이라는 라벨이 붙은 상자를 골랐다. 들어보니 묵직했다.

테이프를 뜯어 상자를 열어보니 안에는 스크랩북과 파일이 들어 있었다. 특히 눈길을 끈 건 앨범이었다.

꺼내보니 상당히 오래된 것 같았다.

첫 페이지에 붙은 건 몇십 년 전의 사진 같았다. 이불에 누운 배냇저고리 차림의 갓난아기는 아마 우에마쓰 가즈미겠지.

페이지를 넘겼다. 갓난아기에서 소녀로 성장하는 과

정을 확인할 수 있었다. 기모노 차림으로 포즈를 취하고 있는 사진은 시치고산(七五三)•에 찍은 것이리라. 자전거에 타려는 소녀, 공원에서 놀고 있는 소녀, 비슷한 사진이 이어졌다.

마요는 사진 속에 부자연스러운 것이 섞여 있다는 사실을 알아챘다. 이를테면 소녀가 동물원 우리 앞에 서 있는 사진은 세로로 길었는데, 한눈에도 옆 부분을 잘라냈다는 사실을 알 수 있었다. 비슷한 사진이 몇 장 더 있었다.

고개를 갸웃하는 마요를 보고 다케시가 물었다.

"왜?"

"이 사진, 이상하지 않아요?"

앨범을 보여주며 이상한 점을 설명했다.

다케시는 그 사진을 보며 한동안 생각에 잠기더니, 이내 납득했다는 듯 고개를 주억거렸다.

"아하, 그런 거였군."

"무슨 소리예요?"

• 3세, 5세, 7세가 되는 어린이들의 성장을 축하하기 위해 신사나 절에 가 참배하는 행사를 뜻한다.

하지만 다케시는 대답하지 않았다. 입을 다문 채 다시 뭔가 생각에 잠긴 눈치였다.

"삼촌."

"말 걸지 마라."

다케시는 턱에 손을 올리고 '추억의 물건' 박스 속을 들여다봤다. 손을 넣어 뭔가를 꺼냈다. 사진 액자였다. 우에마쓰 가즈미인 듯한 소녀가 어머니로 보이는 여성의 무릎에 앉아 있는 모습을 찍은 사진이었다. 어머니는 젊고 아름다웠다.

"이 사진이 왜요?"

하지만 이번에도 다케시는 침묵을 지켰다. 이내 무슨 생각인지 액자를 돌려 뒷면을 고정한 나사를 풀기 시작했다. 모두 풀고 나서는 뒷면을 열었다.

마요는 옆에서 다케시를 지켜보고 있었다.

"삼촌……."

"그 사람의 정체는 모르겠지만……." 그제야 다케시가 말문을 열었다. "적어도 우리가 그 다케우치라는 남자에게 협조할 필요는 없을 것 같다."

6

우에마쓰 가즈미를 욕실 관련 쇼룸으로 안내한 건 다케우치와 만난 지 이레째 되던 날이었다. 마요는 서둘러 새 집을 구하고 있으니 이삼일 더 기다려달라고 했다.

“괜찮아요, 호텔 생활을 만끽하고 있으니. 그보다 에비스 집은 가봤어요?”

우에마쓰 가즈미는 미소 지으며 말했다.

“네, 한 번 가봤습니다.”

“너무 정리를 안 해놔서 좀 그랬죠? 물건은 그냥 다 박스에 넣어놨거든요.”

“임시 거처니 어쩔 수 없죠.”

“보면 안 되는 건 없지만, 너무 지저분하게 사는 걸 보여서 창피하네요.”

우에마쓰 가즈미는 지나가는 말처럼 이야기했지만, 마요가 박스를 열어봤는지를 신경 쓰는 것처럼 보였다. 다케시의 말처럼 열어볼 것을 각오했는지도 모른다. 마요는 안 봤으니 걱정 말라고 대답했다.

쇼룸에서 나온 뒤 여느 때처럼 '트랩핸드'에서 미팅을 하기로 했다. 가게로 들어가자 다케시가 청소를 하고 있었다.

"번번이 죄송해요."

우에마쓰 가즈미가 사과했다.

"별말씀을요. 언제든 환영합니다." 다케시가 밝게 웃었다. "안쪽 탁자석 치워두고 소독도 해뒀습니다. 편히 이야기 나누십시오."

하지만 마요와 우에마쓰 가즈미가 안쪽 좌석에 앉으려던 순간, 힘차게 출입문이 열렸다. 뒤를 돌아본 마요는 문을 열고 들어온 인물을 보고 흠칫했다. 다케우치였다.

"드디어 찾았군. 지금까지 대체 어디 숨어 있던 거야?"

다케우치는 우에마쓰 가즈미를 노려보며 말했다.

"실례지만 아직 오픈 전입니다."

카운터 안에서 다케시가 말했다.

"손님이 아닌 걸 알잖아. 나는 이 여자에게 볼일이 있어. 슬슬 나타날 것 같아서 가게를 감시하고 있었지."

다케우치는 우에마쓰 가즈미를 가리켰다.

"스토커가 따로 없네. 애썼겠지만 나는 당신한테 볼일 없어." 우에마쓰 가즈미가 말했다. "일전에 얘기 다 끝났잖아요."

"아니, 끝나긴 뭐가. 아무튼 난 싸우려는 게 아냐." 다케우치는 표정을 누그러뜨리더니 카운터의 의자에 앉았다. "실은 거래를 제안하러 왔어."

"거래? 무슨 거래?"

"툴툴거리지 말고 일단 앉아 봐. 그렇게 서 있으면 차분하게 얘기할 수 없잖아."

우에마쓰 가즈미는 땅이 꺼져라 한숨을 내쉬더니 카운터로 다가가 다케우치와 조금 떨어진 자리에 앉았다.

다케우치는 겉옷 안주머니에 손을 넣어 납작한 상자를 꺼내 카운터에 내려놓았다.

"그게 뭐야?" 우에마쓰 가즈미는 상자를 들며 눈살을 찌푸렸다. "친자 확인 검사?"

"참 편리한 시대가 됐어. DNA를 조사해달라고 감정 회사에 의뢰하면 친자인지 아닌지 판정을 해준다니."

"이걸 어쩌라고?"

우에마쓰 가즈미는 상자를 카운터에 내려놓고 다케

우치를 향해 밀었다.

"설명이 필요해? 이걸로 당신과 아버지의 친자관계를 알아보자는 소리야. 말해두지만 내가 아니라 아버지 뜻이야."

"치매라면서?"

"가끔 제정신이 돌아올 때가 있어. 그때 당신 얘기를 했더니 진짜 가즈미가 아니라고 하더라고. 그래서 내가 아버지한테 위임장을 받아서 대리로 이야기하는 거야. 불쾌할지도 모르지만 서로를 위해서야. 그 대신 감정 결과, 당신이 아버지의 친자로 판명되면 난 앞으로 당신 앞에 나타나지 않겠다고 약속하지. 어때? 나쁘지 않은 제안이지?"

"거절하면?"

"왜 거절하지? 당신이 진짜 가즈미라면 거절할 이유가 없을 텐데. 걱정 안 해도 조작 같은 건 안 해. 아버지 샘플을 채취할 때는 당신도 동석하든지. 그 후에 당신 샘플을 채취해 그 자리에서 보내자고."

"거절할게요."

"내 얘기를 못 들었어? 친자관계가 입증되면 다시는

나타나지 않는다고 했잖아. 다르게 말하면 증명되기 전까지는 몇 번이든 따라다닌다는 거지."

"하는 수 없지. 마음대로 하시든지."

"전에 말했잖아. 그러면 당신은 도망치지도, 숨지도 못한다고."

"그러니까 마음대로 하라고."

"정말이야? 이게 공갈로 들리나 보지?"

"실례지만 한마디 해도 되겠습니까?"

다케우치는 미간을 찌푸리며 카운터 쪽으로 몸을 돌렸다.

"뭐지? 당신은 상관없잖아. 아직 영업 전이라면서, 가만히 좀 있어."

"그럴 순 없죠. 가즈미 씨는 죽은 친구의 부인이신데. 생트집을 잡는 걸 그냥 두고 볼 수는 없습니다."

"뭐가 생트집이라는 거지?"

다케우치는 서슬 퍼런 목소리로 말했다.

"아까부터 듣고 있으려니, 댁이 이상한 말만 하잖아. 무엇 때문에 당신 아버지와 가즈미 씨의 친자관계를 확인하려는 거지?"

"당연한 거지. 만일 친자가 아니라는 게 밝혀지면, 이 여자는 가즈미가 아냐. 가짜라고."

다케시는 고개를 저었다.

"그걸 모르겠네. 왜 그렇게 됐는데?"

"뭐? 당신이야말로 무슨 소리지?"

다케시가 우에마쓰 가즈미 쪽을 보았다.

"가즈미 씨, 왜 이 사람한테 사실대로 말해주지 않는 겁니까? 이제 신경 쓸 필요는 없을 것 같은데요."

우에마쓰 가즈미는 당혹스러운 듯 다케시를 보았다.

"죄송합니다. 얼마 전에 마요가 가즈미 씨 집에 갔을 때, 저도 동행했습니다. 그때 이걸 찾았습니다."

다케시는 그렇게 말하더니 뭔가를 꺼내서 카운터에 놓았다.

가즈미의 집에서 찾은 사진 액자였다. 사진 속에 있는 건 소녀 시절의 우에마쓰 가즈미와 그녀의 어머니로 보이는 여성이었다.

"좋은 사진이다 싶어서 보고 있었는데, 우연히 뒷판이 벗겨졌습니다. 일부러 벗긴 건 아니고요. 신경이 쓰여서 읽어봤는데……."

우에마쓰 가즈미는 사진 액자를 뚫어져라 바라보더니 천천히 손을 뻗었다. 그리고 모두가 지켜보는 가운데 액자 뒷판을 벗겼다.

마요는 뒤에서 사진을 들여다봤다. 사진 뒷면에는 파란 잉크로 적은 글자가 있었다.

우에마쓰 가즈미는 미동도 하지 않았다. 특별한 감정을 곱씹고 있는 것 같았다.

"가즈미 씨, 심정은 이해합니다. 어머님의 비밀을 감추고 싶겠죠. 하지만 상황이 이러니 어쩔 수 없지 않습니까. 이 사람을 납득시키기 위해서도 말하는 게 어떻습니까?"

"뭐야." 다케우치가 날 선 목소리로 말했다. "무슨 소리지? 무슨 소리를 하려고?"

우에마쓰 가즈미는 어깨에서 힘을 빼듯 한숨을 내쉬었다. 사진 액자에서 사진을 꺼내 말없이 친자 확인 검사 키트 옆에 내려놓았다.

다케우치는 험악한 표정으로 사진을 집었다. 사진을 힐끗 본 뒤 뒤집었다.

시선이 글자를 따라 움직이는 동안 점점 표정이 달

라졌다. 얼굴이 굳어지는 게 느껴졌다.

마요는 그럴 법도 하다고 생각했다. 사진 뒤에 적힌 내용은 다음과 같았다.

'가즈미에게,

너에게 꼭 할 말이 있단다.

유사쿠는 엄마 아들이 아니야. 아빠가 다른 데서 낳아 온 아이란다.

그래서 나는 다른 남자의 아이를 낳았단다. 그게 바로 너란다. 아빠는 그 사실을 모른단다.

부디 행복해지렴.

엄마가.'

다케우치는 신음을 흘리더니 울부짖듯 말했다.

"거짓말이야. 그럴 리가 없어. 호적에는 분명 내가 장남으로 올라가 있다고."

다케시가 싸늘한 목소리로 대답했다.

"아니, 악덕 의사에게 돈을 주고 출생증명서를 써달라고 하면 다른 여자가 낳은 아이를 친자로 신고할 수 있어. 이제 알았겠지? 당신 아버지와 가즈미 씨 사이에 친자관계가 성립하지 않아도 이상할 건 없다고. 오히려 그게 당연하지. 그녀가 가짜라는 증거는 될 수 없어."

"거짓말이야." 다케우치는 발악하듯 말했다. "나는 안 믿어. 이런 건 다 엉터리라고."

말이 끝나자마자 사진을 찢기 시작했다. 조각조각 찢긴 작은 조각이 허공에 흩날리다 바닥에 떨어졌다.

다케우치는 품에서 스마트폰을 꺼내 조작을 시작했다. 그 손이 가늘게 떨리는 걸 마요는 똑똑히 봤다.

"이걸 보라고."

다케우치는 스마트폰 화면을 우에마쓰 가즈미에게 들이밀며 말했다. 서류 같은 것을 찍은 사진이었다.

"진단서야. 우에마쓰 가즈미는 일 년도 더 전에 췌장암 선고를 받았지. 그런 사람이 지금 이렇게 생생하다고?"

우에마쓰 가즈미는 입술을 축이더니 말했다.

"췌장암 환자는 다 죽으란 법이라도 있대?"

"아는 의사가 그러더군. 치료를 받았다 하더라도 지금 당신 몸 상태는 이상하다고."

"옛날이나 지금이나 달라진 게 없네." 우에마쓰 가즈

미는 안쓰럽다는 듯 말했다. "멍청한 데다 생각이 짧지. 매사 깊이 생각하는 법이 없어."

"뭐라고?"

다케우치는 허리를 펴더니 팔을 뻗어 가즈미를 붙잡으려 했다. 하지만 그 손목을 다케시가 재빨리 잡았다.

"이거 놓지 못해?"

버럭 성을 내는 다케우치에게 다케시가 말했다.

"이 가게에는 방범 카메라가 설치돼 있어. 지금까지 당신 행동은 모두 촬영돼 있다고. 아까 사진을 찢었지? 재물문서손괴죄에 해당하지. 유죄가 인정되면 최소 오년 이하의 징역이야. 신고할까?"

"……흥, 마음대로 해."

다케우치의 목소리에는 낭패한 기색이 역력했다.

다케시는 다케우치의 손목을 놓으며 말했다.

"하는 김에 반년 전 가즈미 씨의 자택에 빈집털이가 침입했던 것도 경찰에 말해야겠군. 당시 수사에서 채취한 지문과 대조해보는 건 물론, 여러모로 조사해줄 테지. 당신이 좋아하는 DNA검사도 해줄 것 같은데? 아까 당당하게 내보이던 진단서 사진도 어쩌면 좋은 증거가 될지도 모르고 말이야."

다케우치의 얼굴에서 핏기가 가셨다.

"무슨 소리지?"

"짚이는 데가 없으면 흘려들어. 일단 난 경찰에 신고해야겠어. 단, 지금 당장 사라지면 관용을 베풀 수도 있고."

다케우치는 분한 듯 얼굴을 찌푸렸지만, 우에마쓰 가즈미를 힐끗 본 뒤 들으란 듯 혀를 차며 일어났다. 그대로 나가려는 다케우치에게 다케시가 "이거 가져가야지." 하고 친자 확인 검사 키트를 내밀었다.

다케우치는 상자를 낚아채더니 성큼성큼 출입문으로 걸어갔다. 문이 닫히자 다케시는 카운터에서 나와 출입문을 잠갔다.

우에마쓰 가즈미는 의자에서 일어나 바닥에 흩어진 종잇조각을 줍기 시작했다.

"추억의 사진이 엉망이 돼버렸네요."

다케시가 말했다.

"테이프로 붙여봐야죠."

다케시는 우에마쓰 가즈미가 든 종잇조각을 빤히 바라봤다.

"어머님이 남기신 소중한 메시지는 종종 읽으십니까?"

"종종은 아니고, 아주 가끔요……."

"그러십니까." 다케시는 카운터 안쪽으로 돌아왔다.

"가즈미 씨."

"네?"

"그 사진은 복사본입니다."

"뭐라고요?"

우에마쓰 가즈미가 고개를 들었다.

"진짜 사진은 여기 있습니다."

다케시는 그렇게 말하며 사진을 든 손을 올렸다. 소녀와 어머니의 사진. 액자에 들어 있던 사진과 같은 것이었다. 다케시는 사진을 뒤집으며 말했다.

"그리고…… 진짜 사진 뒷면에는 아무것도 적혀 있지 않습니다."

무슨 일이 일어났는지 모르겠다는 양 우에마쓰 가즈미는 뻣뻣하게 굳어 있었다. 목소리도 나오지 않는 모양이었다.

"그 메시지는 제가 쓴 겁니다." 다케시는 태연자약하게 말했다. "다케우치가 가즈미 씨 어머니의 친자가 아니라는 것도, 당신의 친아버지가 따로 있다는 것도 제가 지어낸 말입니다. 한마디로 엉터리죠. 그런데 당신은 그 메시지를 가끔 읽는다고 하셨죠."

우에마쓰 가즈미의 가슴이 격하게 위아래로 들썩였다. 숨이 가빠진 것이리라.

"왜 그런 일을……."

"그 설명을 하기 전에 일단은 사과드려야겠군요. 사실 제가 부군의 체스 친구라는 건 새빨간 거짓말입니다. 면식도 없고, 당연히 댁에 찾아뵌 적도 없습니다."

"어떻게, 그런……."

"죄송합니다. 조카를 위해 조금이라도 도움이 되고 싶어서 경솔한 짓을 했습니다."

다케시는 아연실색한 우에마쓰 가즈미에게 처음 만났을 때 나눴던 대화는 모두 속임수였으며 요코하마 집 앞에서 찍었다는 기념사진도 합성한 것임을 밝혔다.

"그러면 제가 진짜 우에마쓰 가즈미가 아니라는 것도 알아채셨군요."

"그렇다고 할 수 있죠."

"마요 씨도?"

가짜 우에마쓰 가즈미가 마요를 돌아보며 물었다.

"죄송합니다."

마요는 고개를 숙였다.

"그런데 왜 지금까지 아무 말도 하지 않았죠?"

"저희와는 상관없는 일이니까요. 서로 합의하에 이루어진 일이라면 남이 참견할 계제는 아니라 판단했습니다."

"서로라니요……?"

"말할 것도 없습니다만, 당신과 우에마쓰 가즈미 씨 말입니다. 이만큼 교묘한 바꿔치기는 본인과 대역이 서로 힘을 합치지 않으면 불가능하죠. 제 생각에는 우에마쓰 씨가 제안한 일 같군요. 당신은 그 제안을 받아들였고요. 아닙니까?"

우에마쓰 가즈미의 대역은 잠시 침묵한 뒤에 체념한 듯 고개를 끄덕였다.

"말씀하시는 대로입니다."

"상상의 나래를 더욱 펼쳐보자면 우에마쓰 씨는 다케우치의 말대로 중병을 앓고 있었죠. 남은 수명을 알게 된 그녀가 제일 마음에 걸렸던 건, 남편에게 물려받은 막대한 유산의 행방이었습니다. 이대로라면 아버지와 오빠에게 상속될 테니까요. 전 재산을 자선 단체에 기부하겠다고 유언장을 남겨도, 아버지에게 갈 유류분이 있죠. 전 재산의 삼분의 일, 결코 적은 금액이 아닙니다. 게다가 그건 결국 오빠가 물려받게 되겠죠. 우에마쓰 가즈미 씨는 그것만은 도저히 참을 수 없었습니다. 왜냐하면 오빠는 그녀가 세상에서 제일 증오하는 인간이었으니까요."

우에마쓰 가즈미의 대역은 눈을 휘둥그레 뜨며 물었다.

"어떻게 거기까지 알죠?"

"이걸 봤으니까요."

다케시가 살짝 허리를 굽혀 아래에서 꺼낸 건 낡은 앨범이었다.

"여기에 남은 건 모두 우에마쓰 가즈미 씨의 어릴 적 사진입니다. 하지만 몇몇 사진은 부자연스럽게 잘려나가 있죠. 잘라낸 부분에는 아마 네 살 터울의 오빠, 다케우치가 있을 거라 추측합니다. 애초에 남매를 찍은 사진이었겠죠. 하지만 그 기념사진은 우에마쓰 가즈미 씨에게 저주스러운 기억일 뿐이었죠. 얼마 전, 당신은 다케우치에게 이렇게 말했죠. 우에마쓰 가즈미는 중학교 일 학년 때 오빠에게 살해당했다고. 구체적으로는 모르겠지만, 아마 어떠한 학대를 받았겠죠. 그 일을 계기로 우에마쓰 가즈미 씨는 오빠와 절연하기로 했습니다. 이 사진은 그 증거고요."

대역은 다소 망설이며 입을 열었다.

"우에마쓰 씨는 중학교 일 학년 겨울에 오빠의 반 친구 여러 명에게 험한 일을 당했어요. 그놈들이 이렇게 말했다더군요. 네 오빠가 돈을 받아 챙겼으니, 시키는 대로 하라고."

"어떻게 그런 짓을……."

욕지기가 올라올 것 같은 이야기를 듣고 마요는 그렇게 중얼거렸다.

"그 후로 남성공포증이 생겨서 아무와도 만날 수 없었다고 했어요. 결혼도 꿈도 못 꿨다고. 하지만 노인 요양원에서 일하다 고키치 씨와 만나 운명을 느꼈다고 하더군요. 부모 자식보다 나이 차이가 더 나서인지, 그때까지 만났던 남자들과 다른 존재처럼 느껴졌다고요."

"그렇게 사랑했던 남편의 재산이 일부라도 그 끔찍

한 오빠 손에 들어가는 걸 도저히 받아들일 수 없었군요. 그래서 대역을 세워서 자신이 살아 있는 것처럼 꾸미려 한 거고요."

"말씀대로예요. 대단한 추리력이네요."

"칭찬의 말씀 감사드립니다." 다케시는 가슴에 한 손을 올리며 고개를 숙였다. "그 추리에 자신이 있었기에, 미력하나마 뭔가 도움이 될 수 없을까 생각했습니다. 그러다 떠오른 게 사진 뒷면에 어머니의 메시지가 남겨져 있었다는 트릭이죠. 언젠가 다케우치가 DNA 검사를 하자는 얘기를 꺼낼 건 예상하고 있었습니다. 그 대비책이었죠. 그 남자는 평생 출생의 비밀로 괴로워하겠지만, 그 정도의 벌은 받아 마땅하다고 생각했습니다.

"사진 뒷면에 메시지가 적혀 있다는 이야기는 가즈미 씨에게 들은 적이 없어서, 아까는 당황했어요. 하지만 위조된 것일 줄은 꿈에도 몰랐죠."

"순간적인 대처 능력이 뛰어나시더군요. 괜찮으시다면 이야기를 듣고 싶습니다만." 다케시는 진지한 표정으로 그녀를 바라봤다. "당신은 대체 누구입니까?"

"여기까지 왔으니 말씀드리지 않을 수 없겠네요."

조금 전까지 우에마쓰 가즈미였던 여성은 체념한 듯 옅은 미소를 지으며 자신의 본명을 밝혔다.

스에나가 나나에라고 했다.

7

스에나가 나나에는 가와사키(川県)에 있는 대형 서점에서 일했다고 한다.

어느 날, 서가를 둘러보고 있는데 빤히 자신을 바라보는 고객의 시선을 느꼈다. 마스크를 쓰고 검은 테 안경을 낀 가녀린 체구의 여성이었다. 풍성한 갈색 머리칼이 인상적이었다.

무슨 일인가 싶었는데 여성이 다가와 물었다.

"체호프는 어디에 있나요?"

"체호프의 어떤 작품을 찾으시나요?"

그러자 여성은 고개를 갸웃하며 말했다.

"추천작이 있으면 알려주실 수 있을까요?"

"알겠습니다."

나나에는 그녀를 해외 문학 코너로 안내했다.

"저는 《벚꽃 동산》을 좋아하는데, 《바냐 아저씨》도 인기가 있어요. 《갈매기》나 《세 자매》도 좋고요. 출판사에 따라 수록된 작품도 달라요."

책을 보여주며 설명했지만, 여성은 힐끗 보았을 뿐 나나에의 얼굴만 뚫어지게 바라보았다. 나나에는 내 얼굴에 뭐가 묻었나, 하고 생각했다.

"어떤 책이 마음에 드시나요?"

나나에의 물음에 여성은 눈을 가늘게 뜨며 고개를 끄덕였다.

"설명 고마워요. 전부 주세요."

"전부……요? 그럼 구매하신 책 중에 같은 작품이 중복된 것도 있을 텐데요."

"괜찮아요. 선물용이라서요."

"아, 그러시군요. 알겠습니다."

책을 받아 든 여성 고객은 계산대로 향했다. 그 뒷모습을 바라보며 나나에는 별난 손님이라 생각했다.

그로부터 대략 2주 후, 서가 정리를 하고 있는데 뒤에서 스에나가 씨, 하고 부르는 소리가 들렸다. 돌아보니 그 여성 고객이 서 있었다. 페이즐리 무늬 원피스에 안경과 마스크를 쓰고 있었다.

"나 기억해요?"

"체호프 책을……."

"기억하시네요." 미소 지었다는 걸 눈의 움직임으로 알 수 있었다. "일전에는 감사했습니다. 책 선물 받은 사람들이 다들 좋아하더라고요."

"아, 정말 다행이네요."

나나에는 진심으로 말했다. 추천한 책에 고객이 만족한다니, 서점 직원으로서는 더할 나위 없는 기쁨이었다.

"그래서 스에나가 씨한테 감사 인사를 하고 싶어요. 근무 끝난 뒤에 시간 괜찮으세요?"

"인사라뇨. 당연히 해야 할 일을 했을 뿐인데요. 말씀만으로 감사합니다."

나나에는 손사래를 치며 말했다.

"그러지 말고 잠깐 이야기 좀 해요. 사실 스에나가 씨한테 부탁하고 싶은 일이 있거든요. 한 시간만이라도 괜찮으니 제 이야기를 들어줬으면 해요."

말투가 친근해졌다.

그녀의 이름은 우에마쓰 가즈미라고 했다. 가명이 아니라는 것을 증명하기 위해 신용카드를 보여줬다.

나나에는 당혹스러웠다. 상대가 무슨 생각인지 알 수 없었다. 그녀가 스에나가라는 이름을 알고 있는 건, 가슴에 단 명찰 때문일까. 일반적으로는 직원의 이름 같은 건 굳이 기억하지 않을 것이다. 한마디로 지난번부터 그녀는 나나에를 눈여겨보고 있던 것이다.

"부탁이에요."

우에마쓰 가즈미는 두 손을 모으며 말했다. 그 눈동자에는 진지한 빛이 깃들어 있었다. 나쁜 짓을 꾸미는 사람처럼 보이지는 않았다. 그 부탁이 무엇인지도 마음에 걸렸다.

"알겠습니다. 저녁 여덟 시 반에는 밖에서 만날 수 있을 거예요."

나나에는 그렇게 대답했다.

"고마워요. 그럼 차에서 기다릴 테니 주차장으로 와 줄래요?"

우에마쓰 가즈미는 차종과 차량번호를 말했다. 자동차를 잘 모르는 나나에는 손등에 볼펜으로 네 자리 숫자를 적었다.

오후 8시 20분경, 나나에는 주차장에 갔다. 폐점 시각은 이미 지났기에 차는 한 대밖에 없었다. 우에마쓰 가즈미는 그 차에서 기다리고 있었다.

나나에가 조수석에 타자 우에마쓰 가즈미는 차를 출발시켰다. 어디로 가는 거냐고 묻자 그리 멀지 않은 곳이라는 대답이 돌아왔다.

도착한 곳은 시내에 있는 호텔의 객실이었다. 방으로 들어서자 우에마쓰 가즈미는 선 채로 나나에를 봤다.

"서점에서 처음 당신을 보았을 때, 믿기지가 않았어요. 기적이라고 생각했죠. 죄송하지만, 당신에 대해 이것저것 조사를 했어요. 그리고 믿을 수 있는 사람이라 확신했기에 이렇게 만나자고 한 거죠."

그녀가 무슨 말을 하고 싶은 건지 나나에는 도무지 짐작이 가지 않았다.

"후후, 당황스럽기도 하겠죠. 하지만 이걸 보면 당신도 무슨 뜻인지 알 거예요."

우에마쓰 가즈미는 의미심장한 웃음을 흘리더니, 안경을 벗어 탁자에 내려놓았다. 그리고 마스크를 벗고 머리카락을 정리한 뒤 나나에 쪽을 바라봤다.

그 상황을 이해하는 데 몇 초나 걸렸을까. 1, 2초는 아니었다. 멍하니 상대의 얼굴을 바라보는 시간이 분명히 흘렀다. 그러고 나서 나나에는 눈을 휘둥그레 뜨며 앗, 하고 소리쳤다.

"내가 무슨 말을 하는지 알겠죠?"

"닮았네요……."

"닮았다는 말로는 부족하죠. 쌍둥이라고 해도 믿을 정도예요."

나나에는 상대의 얼굴을 바라본 채 말없이 침을 삼켰다. 할 말을 찾을 수가 없었다.

눈앞에 있는 우에마쓰 가즈미는 나나에와 무척이나 비슷한 생김새였다. 물론 세세한 차이는 있었다. 하지만 언뜻 봐서는 우에마쓰 가즈미의 말대로 쌍둥이처럼 닮았다.

"사실을 밝히자면, 조금 손을 보긴 했어요. 내 얼굴에." 우에마쓰 가즈미는 자기 뺨을 두 손으로 가리는 시늉을 했다. "당신 얼굴에 맞춰 화장법을 바꿨죠. 눈썹 모양 같은 것도요. 하지만 그게 다예요. 성형 같은 건 안 했고, 사실은 머리 스타일도 맞추려고 했는데 괜찮은 가발이 없더라고요. 그래서 당신이 이걸 써줬으면 해요."

우에마쓰 가즈미는 의자에 놓인 종이봉투에서 뭔가를 꺼냈다. 가발이었다. 갈색 머리카락이 그녀와 똑같았다.

우에마쓰 가즈미는 나나에에게 다가와 가발을 머리에 씌웠다. 그리고 잘 정돈한 뒤 거울 쪽을 보게 했다.

나나에는 숨을 삼켰다. 거울에 비친 두 사람은 마치 쌍둥이 같았다. 그렇게 말해도 의심하는 사람은 없으리라.

"어때요?"

우에마쓰 가즈미가 물었다.

"닮았네요. 살은 제가 더 쪘지만."

"그렇게 차이 나진 않아요. 예전에는 저도 당신 체형과 비슷했어요. 나이는 어떻게 돼요?"

"서른아홉이에요."

"그럼 나보다 세 살 아래네요. 화장을 지우면 피부는 차이가 나겠네."

"저기, 우에마쓰 씨, 가발은 왜…… 사진을 찍으시려는 건가요?"

SNS에 올릴 작정인가 싶어서 물었는데, 우에마쓰 가즈미는 고개를 저었다.

"찍고 싶지만 참을래. 괜한 증거를 남기고 싶지 않으

니까.”

“증거…….”

기묘한 말이었다. 사진을 찍지 않을 거라면 무얼 위해 이런 짓을 한단 말인가.

“설명할 테니까 거기 앉아봐요. 가발은 이제 벗어도 돼요.”

나나에는 의자에 앉아 가발을 벗었다. 우에마쓰 가즈미가 맞은편에 앉아 말문을 열었다.

“묘한 기분이죠? 자기 자신과 마주보고 있는 것처럼.”

“그러……게요.”

분명히 그랬지만, 우에마쓰 가즈미의 목적을 가늠할 수 없던 나나에는 그보다 긴장감이 더 컸다.

“당신한테 부탁하고 싶은 건, 다름이 아니라…… 내 대역을 맡아줬으면 해요.”

우에마쓰 가즈미가 말했다. “저는 지금 요코하마의 단독주택에서 혼자 살고 있어요. 하지만 사정이 있어서 계속 살 수는 없고요. 하지만 남들한테는 계속 사는 것처럼 보여야 할 이유가 있어요. 그래서 내 대신 당신이 그 집에 살아줬으면 해요. 매일이 아니어도 돼요. 일주일에 한 번이면 충분해요. 살고 있는 걸 동네 사람들에게 보이기만 하면 되고요. 물론 공짜로 해달라는 건 아니에요. 보수를 지급할 겁니다."

예상치 못한 의뢰였다. 목적을 알 수 없었기에 나나에의 가슴에 번지는 건 의구심뿐이었다. 그걸 알아챘는지 우에마쓰 가즈미는 어깨를 으쓱했다.

"이런 이야기, 너무 수상하죠? 나는 당신을 잘 알지만, 당신은 나에 대해 아무것도 모르니까요. 그러면 이렇게 하지 않을래요? 우리 집에 한번 와줘요. 그러면 모두 말할 수 있고, 납득도 갈 거예요."

"저를 잘 아신다고요?"

"말했잖아요, 조사했다고."

우에마쓰 가즈미는 작은 수첩을 꺼내더니 나나에가 사는 맨션, 휴대전화 번호, 단골 카페, 평소 다니는 편의점 등을 읊었다. 빈틈없는 조사에 나나에는 등골이 서늘해졌다.

"불쾌하겠지만, 그만큼 진심이었다고 받아들여주면 좋겠어요. 우리 집에 와줄래요?"

우에마쓰 가즈미의 얼굴에 비장감이 감돌았다.

호기심과 귀찮은 일에 관여하고 싶지 않다는 경계심이 마음속 저울 양쪽에 올라갔다. 조금 흔들렸지만 이내 한쪽으로 크게 기울었다. 나나에는 고개를 끄덕였다.

이틀 뒤, 우에마쓰 가즈미가 가르쳐준 주소를 찾아 요코하마의 야마테초에 있는 그녀의 집을 찾았다. 근처 사람들이 얼굴을 못 보게 해야 한다고 신신당부를 했기에 마스크로 얼굴을 가렸다. 신종 코로나가 유행한 이후여서 마스크를 써도 딱히 눈에 띄지는 않았다.

우에마쓰 가즈미의 자택은 저택이라 부를 만큼 크지는 않지만, 일본식과 서양식을 절충한 고급스러운 주택이었다. 빨간 벽돌 기둥이 인상적이었다.

우에마쓰 가즈미는 이틀 전과 같은 화장을 하고 있었다. 앞으로는 계속 이대로 지낼 작정이라고 했다.

"지금까지 집에서는 화장을 안 했어요. 하지만 당신이 대역을 맡아준다면 앞으로 이 얼굴을 근처 사람들에게 보여야 하니까요."

"저기, 우에마쓰 씨, 저는 아직 하겠다고 답하지 않았는데요."

"알아요. 그래서 여기 와달라고 한 거예요."

우에마쓰 가즈미는 홍차를 내어줬다. 정원이 보이는 거실에서 차를 홀짝이며 그녀는 이야기를 시작했다.

먼저 죽은 남편에 대해. 고급 실버타운에서 만난 우에마쓰 고키치는 2년 전에 세상을 떠났다고 했다. 막대한 유산은 모두 우에마쓰 가즈미가 상속했다.

하지만 우아한 미망인 생활도 오래가지 않았다. 얼마 지나지 않아 건강에 이상을 느끼고 검사를 받았다. 췌장암 진단을 받았다.

"치료를 계속했지만 아마 어려울 거예요. 내 몸이라 알 수 있어요. 앞으로 오래는 못 살 거예요."

우에마쓰 가즈미는 태연자약한 어조로 말했다. 체념했다기보다 인생을 달관한 사람 같았다.

어설픈 위로는 안 하느니만 못하다고 생각한 나나에는 말없이 기다렸다.

"오히려 마음에 걸리는 건, 내가 죽은 뒤의 일이에요. 솔직히 말해 유산의 행방이죠. 왜냐면 나에게 법정 상속인이 없는 게 아니거든요."

그녀는 아버지와 오빠가 있다고 말했다. 둘 중 누구에게도 재산을 넘기고 싶지 않다고 했다. 그리고 그 이

유도 자세히 털어놓았다.

그 이야기를 듣고 나나에는 수긍했다. 무책임한 아버지였고, 최악의 오빠였다. 특히 오빠는 지금이라도 처벌할 방법이 없을까 하는 생각도 들었다.

"그래서 나는 못 죽어요. 죽어도 그 사실을 세상에 알리고 싶지 않아요. 적어도 아버지가 죽을 때까지는. 유언으로 오빠를 상속인에서 제외시킬 수는 있지만, 아버지는 유류분 청구를 할 수 있으니까."

우에마쓰 가즈미는 힘없이 웃었다.

"그래서 저를 대신 이 집에……."

"잘 알아들은 것 같네요. 맞아요. 하지만 스에나가 씨에게도 해될 이야기는 아닐 거예요. 내가 죽으면 재산은 모두 당신 것이니까요. 당연한 얘기죠. 당신은 나니까. 그리고 그날은 그리 멀지 않았어요. 길어도 일 년이죠."

"그건 모르는 일이잖아요. 치료를 계속하면……."

나나에의 말을 끊듯 우에마쓰 가즈미는 세차게 고개를 저었다.

"아뇨. 그럴 일은 없어요. 내가 일 년 안에 이 세상과 작별할 생각이니까요. 이미 각오를 굳혔어요."

이 말에 나나에는 아연실색했다. 자살할 생각인 것이다.

"그건…… 좋지 않아요."

"왜죠?"

우에마쓰 가즈미는 고개를 갸웃했다.

"왜냐니요…… 좋지 않은 일이니까요."

"말했잖아요. 어차피 몇 년 못 살아요. 마지막에는 괴로워하며 숨을 거두겠죠. 그럴 바에야 스스로 납득할 수 있는 시점에 죽고 싶어요. 걱정 말아요. 절대로 신원이 밝혀지지 않는 방법을 택할 작정이니까. 어디 먼 곳에 가서 죽거나……."

남의 일처럼 덤덤하게 말하는 목소리가 그녀의 굳은 결의를 나타내고 있었다. 나나에는 더 말을 잇지 못했다.

"어때요? 꼭 해주면 좋겠는데."

사정은 이해했지만 당장 결론을 내릴 수 없었다. 조금 시간을 달라고 말한 뒤 그날은 집으로 돌아왔다.

나나에는 혼자서 찬찬히 생각했다. 그런 짓을 해도 괜찮을까. 불안하기도 했다. 죄가 되지는 않을까.

막대한 재산이 제 것이 된다는 점은 매력적이었다. 그렇다고 해도 우에마쓰 가즈미의 사정도 딱했다.

하지만 나나에가 결심을 하게 된 건 전혀 다른 이유에서였다.

대역을 맡겠다는 나나에의 대답을 듣고 우에마쓰 가즈미는 두 손을 꼭 모으며 다행이라며 한숨을 내쉬었다.

"거절당하면 어쩌나 걱정돼서 잠이 안 왔어요."

"도움이 되도록 노력하겠습니다. 하지만 조건이 하나 있어요."

"뭔데요? 돈?"

"아뇨. 우에마쓰 씨가 말씀하셨죠. 어디 먼 곳에서 목숨을……."

"자살한다는 얘기요? 그래요, 그럴 작정이에요."

"그 계획을 좀 변경해주셨으면 해요."

"변경? 어떤 식으로요?"

"인생의 최후를 맞이할 곳으로…… 제 집을 택해주실 수 있을까요."

우에마쓰 가즈미는 크게 심호흡을 한 뒤에 물었다.

"왜요?"

"전…… 스에나가 나나에를 죽은 사람으로 처리하고 싶어요."

우에마쓰 가즈미는 몇 차례 눈을 깜빡이더니 가라앉은 목소리로 물었다.

"당신도 뭔가 사정이 있는 모양이네요."

"오늘은 제 이야기를 털어놓을 차례인 것 같네요. 들어주실래요? 제 이야기를. 정확히는 저와 제 어머니의 이야기지만."

나나에는 그렇게 말했다.

"당연히 들어야죠. 들려주세요."

"네."

나나에는 이야기를 시작했다. 조금은 긴 이야기였다.

나나에는 바다와 인접한 지방 도시에서 나고 자랐다. 집안에서 제일 높은 사람은 나나에의 어머니였다. 어머니는 가족에 관한 일들을 전부 독단으로 정했다. 딸을 어느 학교에 보낼지부터, 차를 바꿀지, 심지어 선물로 들어온 멜론을 언제 먹을지까지.

언제부터 그렇게 된 건지 나나에는 정확히 기억하지 못한다. 철이 들 즈음에는 이미 그런 분위기였다.

초등학교에 올라간 뒤 얼마 지나지 않아, 근처에 사는 친구가 새집의 대문 무늬가 멋지다며 칭찬했다. 집에 와서 어머니에게 그 이야기를 전하자 턱을 쓱 올리고 가슴을 펴며 말했다.

"그렇겠지. 엄마가 고른 거잖아. 벽 색깔도, 울타리도, 분명 멋지다고 생각할 거야. 다음에 물어보렴."

나중에 알게 된 일이지만 집을 지은 것도 어머니가 결정한 일이라고 한다. 그뿐만 아니라 조부모와의 동거를 조건으로 건축 비용의 삼분의 일을 받아낸 것도 어머니의 생각이었다. 집의 위치를 최종적으로 정한 것이며, 흰색을 집의 주조색으로 한 것도 어머니의 생각이었다고 한다.

하지만 그 사실을 이상하게 여기지는 않았다. 이 집에서는 어머니가 제일 세고 제일 높은 사람이라고 생각했으니까. 그리고 그것은 사실이었다.

나나에가 5학년 때, 할아버지가 뇌졸중으로 쓰러져 자리보전을 하게 됐다. 간병은 할머니가 맡아서 했지만, 혼자서는 힘에 부쳤다. 더구나 할머니는 요령이 없어서 일을 효율적으로 처리하지 못했다. 보다 못한 어머니가 돕기 시작했고, 서서히 주도권을 쥐었다. 간병에 관한 세세한 수속이나 공무원과의 연락도 모두 어머니가 알아서 처리했다. 어머니는 딸에게 투덜거렸다.

"할머니는 세상물정 모르는 분이라 엄마가 너무 힘들어."

그리고 꼭 이렇게 덧붙였다.

"이 집은 내가 없으면 안 돌아가."

그런 어머니의 독재는 말할 것도 없이 외동딸도 피해갈 수 없었다. 일상생활의 하나부터 열까지 간섭을 당했다. 어머니가 좋아하는 옷만 입어야 했고, 머리 모양도 마음대로 바꿀 수 없었다. 좋아하지도 않는 걸 배워야 했고, 반대로 배우고 싶은 건 시켜주지 않았다. 하루 일정을 책상 앞에 붙여놓고 그대로 따르지 않으면 혼을 내는 게 아니라 한탄을 했다.

"널 위해 엄마가 힘들게 생각한 거야. 그런데 왜 엄마 말을 안 듣니? 엄마가 말하는 대로 하면 전부 잘될 거니까 쓸데없는 생각 말고 하라는 대로 해. 제발 부탁이다."

어머니는 나나에의 인간관계에도 빈틈없이 신경을 썼다. 관리가 아니라 감시였다. 어떤 친구와 친하게 지내는지 완벽하게 파악하려 했다. 몇몇 친구를 두고는

"그 친구는 너하고 안 맞으니까 앞으로 친하게 지내지 마."라고 했다. 어머니가 어떤 기준으로 친구를 고르는지는 알 수 없었다.

"난 엄마의 인형이 아니에요!"

어머니에게 반항한 건 고등학교에 입학하고 얼마 지나지 않아서였다. 친구가 보낸 편지를 멋대로 뜯어본 일이 계기였다.

하지만 어머니는 사과하지 않았다. 사과는커녕 널 위해 한 일이라며 굽히지 않았다. 나만큼 널 사랑하는 사람이 있느냐고도 했다. 나나에는 그런 건 사랑이 아니라고 반박했다.

그때까지 존재하지 않았던 가족 간의 말다툼이 이어졌다. 그로부터 모녀는 자주 다툼을 벌였다. 어머니는 매번 도중에 히스테리를 부리며 울부짖었다.

아버지는 이 문제에 일절 관여하지 않으려 했다. 회사 일로 바빠 매일 귀가가 늦었고, 주말에도 출근이며 접대 골프로 집을 비우는 일이 많았다. 가족의 변화를 알아채지 못한 건 아니었지만, 요컨대 도망친 것이다. 부모님의 간병을 아내에게 맡겼기에 뭐라고 할 입장도 아니었으리라.

이내 모녀간의 다툼은 끝났다. 나나에가 반항하는 데 지친 것이다. 좋은 딸인 척 굴면 집안의 평화가 찾아온다고 마음을 바꿔먹었다.

어머니가 시키는 대로 공부했고, 원하는 대로 집 근처 대학에 진학했다. 하지만 대학 생활은 조금도 즐겁지 않았다. 어머니의 감시는 여전했고, 남자 친구도 사귀지 못했다. 어차피 반대할 것이라 생각하니 누구를 만나고 싶다는 생각도 들지 않았다.

졸업한 뒤에는 아버지의 지인이 경영하는 회사에 취직했다. 전혀 관심 없던 직종이었지만, 여자에게 직장이란 결혼 상대를 찾기 위한 곳일 뿐이라는 어머니의 말을 듣고 반발할 기력을 잃었다.

결국 결혼 상대도 어머니가 데려왔다. 지인의 아들이었다. 외모도, 성격도 나쁘지 않았지만 나나에의 취향은 아니었다. 그래도 그와 만난 건 그의 직장이 도쿄에 있었기 때문이다. 결혼하면 어머니의 속박에서 벗어날 수 있으리라 생각했다.

그 예상이 빗나갔다는 걸 알아챈 건 결혼하고 채 한

달도 지나지 않아서였다. 어머니는 하루가 멀다 하고 도쿄의 신혼집으로 찾아왔다. 그것도 예고 없이. 결혼 생활이 어떤지 시시콜콜 캐물었고, 실내도 꼼꼼하게 살펴봤다. 마지막에는 꼭 임신 계획을 물었다. 어떻게 돼가고 있느냐며 책망하듯 물었다.

부부관계가 없던 건 아니지만 임신은 되지 않았다. 그 사실에 누구보다 초조해하던 사람은 나나에였다. 아이라도 없으면 견딜 수 없다는 생각이 들 정도로 사랑 없는 상대와의 결혼생활은 지루하고 단조로울 뿐이었다. 하지만 그건 상대 역시 마찬가지였던 것 같다. 이내 남편의 외도를 눈치챘다. 남편은 애정 없는 생활에 염증을 느꼈다고 했다. 나나에는 변명이 아니라 진심일 거라 생각했다.

나나에는 이혼한 뒤에도 고향에 돌아가지 않고 도쿄에 남았다. 다행히도 직장은 금방 구했다. 학창 시절 친구의 소개로 취직한 곳이 지금 일하는 서점이었다.

어머니는 고향에 돌아오라고 들들 볶았지만, 일자리가 없어 힘들다고 말했다. 나도 할 수 있으면 그러고 싶은데, 이 나이에 부모님에게 얹혀 살 수는 없잖아요. 어느 정도 돈 좀 모으고 나서 생각해볼게요. 마음에도 없는 말로 둘러댔다.

그렇게 약 10년이 지났다. 어머니는 늙은 아버지를 돌보며 딸이 돌아오기를 기다리고 있었다. 어머니는 딸이 노후를 책임져주기를 바라고 있었다. 본인이 당당하게 말했으니 틀림없었다.

내 인생은 과연 무엇이었을까. 나나에는 줄곧 생각했다. 어머니를 위해 사는 걸까. 앞으로 날 위해 뭔가를 바라서는 안 되는 건가.

그러던 와중에 우에마쓰 가즈미와 만났다. 그리고 엄청난 계획, 어쩌면 인생을 다시 시작할 수 있는 도박을 제안받은 것이다.

나나에의 이야기를 들은 우에마쓰 가즈미는 말했다.

"그 심정을 알 것도 같아요. 부모에게 버림받는 것도 힘들지만, 속박당하는 것도 힘들군요."

"죄송해요. 우에마쓰 씨가 겪는 고통에 비할 수는 없지만……."

"그렇게 생각 안 해요. 알았어요. 그 조건 받아들이죠. 당신 집에서 내 인생의 막을 내리겠어요. 스에나가 나나에로 죽음을 맞이할게요."

"감사합니다."

나나에는 고개를 숙였다.

그날 이후로 두 사람은 자주 만났다. 장소는 새로 구한 에비스의 원룸이었다. 우에마쓰 가즈미는 요코하마의 집을 매물로 내놓을 거라고 했다. 앞으로 나나에가 우에마쓰 가즈미로서 살려면 그 편이 나을 거라 생각하고 배려해준 것이다.

"내가 죽은 뒤에 더 넓은 집으로 이사 가면 돼요. 원하는 집을 사버리면 되잖아."

우에마쓰 가즈미는 즐거운 듯 말했다.

원룸에서 나나에는 완벽한 우에마쓰 가즈미가 되기 위해 훈련했다. 그녀가 살아온 인생과 경력을 자세히 듣고 철저하게 암기했다. 취미와 기호, 패션 취향도 배웠다. 다행인 건 그녀와 깊은 인연을 맺은 사람이 거의 없었던 것이었다. 나이 든 남편과 단둘이서 보내는 생활이 인생의 전부였으니까. 우에마쓰 가즈미는 그렇게 설명했다.

우에마쓰 가즈미의 체형에 가까워지기 위해 나나에는

다이어트를 했다. 몇 달 만에 거의 10킬로그램을 감량했다. 직장 동료들은 건강에 문제가 있는 게 아니냐며 걱정했다.

머리 모양도 바꿨다. 우에마쓰 가즈미의 갈색 머리카락은 가발이었고, 가발 아래에는 짧은 검은 머리가 숨겨져 있었다. 항암 치료를 받으며 한 번 머리카락이 빠진 뒤에 다시 나는 중이라고 했다. 그래서 나나에도 짧게 머리를 잘랐다.

그렇게 1년이 지났고 드디어 디데이가 다가왔다.

"이제 아무 여한이 없어요. 이렇게 말하면 이상하게 들릴지도 모르지만, 나나에 씨와 함께 지내는 동안 즐거웠어요. 내 인생을 돌아볼 수 있었고, 흉금을 터놓고 뭐든 말할 수 있는 상대가 있어서 행복했어요."

나나에는 울컥했다. 그녀 역시 같은 마음이었기 때문이다. 그녀에게 우정과는 다른 어떠한 감정을 느끼고 있었다. 이미 우에마쓰 가즈미의 인생을 물려받기 시작했기 때문일지도 모른다.

한편 스에나가 나나에라는 인간이 이 세상에서 사라진다는 사실에 기묘한 감회를 느꼈다. 지금까지 쌓아

왔던 인간관계는 모두 사라진다. 나나에가 다니던 직장 근처에 가까이 가서도 안 된다. 친구나 지인과도 만날 수 없다. 하지만 신기하리만치 아쉽지 않았고 슬프지도 않았다. 돌이켜보니 다른 사람으로 살아갈 수 있는 미래에 비하면 아무런 매력도 없는 반생이었다.

우에마쓰 가즈미가 택한 건 음독자살이었다. 나나에의 집에서 그녀의 옷을 입고 지문을 실컷 남긴 뒤 음독했다. 시신 옆에는 '사는 데 지쳤어요. 죄송합니다. 스에나가 나나에'라고 적은 유서를 남겼다. 나나에가 직접 쓴 유서니 필적 감정을 해도 의심을 사지는 않을 것이다.

이틀 뒤, 나나에는 자신이 사망했다는 사실을 인터넷 뉴스 단신으로 알았다.

8

“우에마쓰 가즈미로서 처음 한 일은 집을 산 것이었죠. 그녀의 인생을 물려받은 이상, 그분께 걸맞게 살아야 한다고 생각했어요. 돈은 얼마든지 있으니 넓은 집이 좋겠죠. 하지만 너무 튀어서는 안 돼요. 마요 씨의 디자인은 매력적이었지만, 우에마쓰 가즈미라는 여성에게 무엇이 어울릴지 몰라 결국 제일 정석적인 디자인을 골랐어요.”

그랬구나. 나나에의 이야기를 듣고 마요는 그제야 납득이 됐다.

“다케우치가 찾아올 거란 건 예상하고 계셨습니까?”

다케시가 물었다.

“가즈미 씨는 언젠가 그가 찾아올지도 모른다고 했어요. 하지만 몇십 년 동안 안 보고 살았으니 가짜인 줄은 절대 모를 거라고도 했죠. 하지만 그 사람, 가즈미 씨가 병에 걸린 걸 알고 있었죠. 어디서 어떻게 알았는지 의아했는데…….”

"아까 본인에게도 말했지만 반년 전의 빈집털이는 그 남자 짓이었을 겁니다. 그때 진단서를 봤겠죠. 그걸로 중병에 걸린 걸 알고 계획을 변경한 게 아닐까요."

"계획?"

마요가 물었다.

"단순히 빈집털이를 위해 집에 몰래 숨어들지는 않았을 거야. 가즈미 씨의 목숨을 빼앗을 작정이 아니었을까. 내 추리로는 그래."

"설마……."

마요와 스에나가 나나에는 서로를 마주봤다. 나나에의 얼굴은 한껏 굳어 있었다.

"그렇게 생각하면 앞뒤가 맞지. 자산가인 가즈미 씨의 남편이 세상을 떠났다는 걸 어떠한 경로로 알고, 유산을 노린 거겠지. 강도 살인으로 위장해 살해하면 수십 년 동안 소원했던 자신이 의심받을 일은 없을 거라 생각한 게 아닐까요."

"정말 끔찍한 인간이에요……."

스에나가 나나에는 몸서리치며 중얼거렸다.

"하지만 가즈미 씨가 췌장암에 걸렸다는 걸 알고, 죽

는 날을 기다리는 게 안전하다고 마음을 바꿔 먹은 거구나."

마요가 말했다.

"맞아. 하지만 가즈미 씨는 죽지 않았지. 죽기는커녕 쌩쌩하게 부활했어. 그래서 가짜일지도 모른다고 생각하고 나타나 협박한 거죠."

"이제 안 오겠지?"

"그건 모르지만 손쓸 방도가 없겠지. 스에나가 씨가 사실을 고백하지 않는 한은."

그렇게 말하며 스에나가 나나에를 보는 다케시를 따라 마요도 시선을 돌렸다. 두 사람의 시선을 알아챈 스에나가 나나에는 겸연쩍은 듯 몸을 움직였다.

"저는 어떡해야 할까요. 역시 진실을 털어놔야 할까요?"

"그건 스에나가 씨가 결정할 일이죠. 적어도 저는 이번 일을 누군가에게 말할 생각은 없습니다. 어떤 의미로는 공범이니까요. 조카도 같은 생각일 테고요…… 그렇지?"

다케시의 갑작스러운 물음에 마요는 당황했다. 순순히 그러겠노라는 말은 나오지 않았다.

"하나 여쭤봐도 될까요?"

마요는 스에나가 나나에에게 물었다.

"말씀하세요."

"어머님 일은 어떻게 하실 생각이세요? 스에나가 씨의 어머님이잖아요. 딸이 죽었다고 생각하고 계실 텐데. 그건 어머님에게 너무 잔인하지 않나요. 그래도 괜찮으세요?"

스에나가 나나에는 불편한 표정으로 눈을 내리깔았다. 역시 피하고 싶은 부분이었나.

"어리석은 질문이군."

옆에 있던 다케시가 중얼거렸다.

"뭐가요?"

마요는 그를 올려다보며 물었다.

"어리석은 질문이라고. 도덕 선생 행세라도 하려고? 학대한 부모를 피해 도망친 자식에게 할 질문이냐? 그건 당사자가 본인에게 던질 질문이지, 남이 참견할 문제가 아냐. 비밀을 알게 된 게 부담스러우면 빨리 다른 건축사한테 의뢰를 넘겨."

다케시의 말에 마요는 흠칫했다. 그럴지도 모른다. 아

까 다케시는 공범이라고 했다. 그 입장에서 도망치고 싶은 것이냐고 묻는다면 부정할 수 없었다.

숨 막히는 침묵을 깬 건 스에나가 나나에였다.

"물론 어머니 생각을 안 한 건 아니에요." 온화한 목소리였다. "말씀대로 잔인한 짓이죠. 하지만 어떠한 형태로든 전 어머니에게서 멀어져야 했어요. 저를 위해서도, 어머니를 위해서도요. 앞으로 어머니는 고생이 많겠죠. 하지만 도움을 드릴 수는 있을 거예요. 딸로서는 아닐지라도."

그 말에 마요는 스에나가 나나에의 속내를 알아챘다. 그녀는 우에마쓰 가즈미로 살며 어머니를 지켜보려는 것이다. 그런 거라면 다케시의 말대로 남이 참견할 문제가 아닐지도 모른다.

"알겠습니다." 마요는 말했다. "이제 아무 말도 않겠어요."

"마요 씨……."

"이 이야기는 여기까지 하죠." 다케시가 손뼉을 치며 말했다. "저는 그만 일을 해야겠군요. 마요 너도 평소처럼 일상으로 돌아가. 네 할 일을 하라고."

네, 하고 대답하고 마요는 스에나가 나나에를 보았다.

"그럼 우에마쓰 씨, 미팅을 시작하죠." 그렇게 말하며 생각했다. 이 사람은 집뿐 아니라 인생도 리노베이션하는 거다.

위기의

여자

하와이의 별장을 어떻게 할지 고민 중이라고 기요카와가 말을 꺼낸 건, 택시를 타고 2차 자리로 향하던 길이었다. 그 가게는 에비스에 있는데 최근에 알았다고 한다. 코로나 대책으로 도쿄도의 영업시간 단축 요청에 응하지 않고, 저녁 10시가 지나서도 술을 제공한다고 했다.

"하와이에 별장이 있으신가 봐요."

미나가 물었다. 아까 식사할 때는 나오지 않았던 이야기다. 기요카와의 경제력과 자산에 대해서는 은근슬쩍 떠본 결과 어느 정도 파악했다고 생각했는데, 하마터면 큰 건을 못 보고 지나칠 뻔했다.

"오아후의 카할라에요. 오래된 물건이지만 해마다 며칠은 꼭 거기서 보내죠." 별것 아니라는 듯 태연하게 말하더니 기요카와는 살짝 어깨를 으쓱했다. "그런데 코로나 때문에 올해는 결국 못 갔습니다. 내년에도 어떻게 될지 모르겠네요. 올림픽 개최도 불투명했었잖아요. 하와이 도항 제한은 서서히 풀리겠지만 예전처럼

은 안 되겠죠. 그러면 모처럼 구입한 별장도 무용지물이고요. 그래도 막상 팔려고 내놓으니 역시 아쉽네요. 바다를 보며 칵테일을 마시는 즐거움을 잃기 싫은데 어떻게 하면 좋을지 고민 중입니다."

"그럼 가지고 계시면 되잖아요."

"마음은 그러고 싶죠. 하지만 별장이란 가만히 둬도 이게 들거든요." 기요카와는 오른손 엄지와 검지로 원을 만들었다. "고민이 되죠."

그 별장에 대해 자세히 알아봐야겠군. 미나는 그렇게 생각했다. 기요카와의 말대로 당분간은 못 가겠지만 코로나가 종식되면 하와이에 장기 체류하는 것도 나쁘지 않다.

"기사님, 이 근처에서 세워주세요."

기요카와가 택시기사에게 말했다. 간선도로에서 조금 떨어진 골목이었다.

"이런 곳에 바가 있어요?"

미나는 주변을 둘러보며 물었다. 가게 같은 게 있을 것 같지 않은 곳이었다.

"바로 저깁니다."

기요카와는 맨션과 주유소 사이 골목 앞에서 걸음을 멈추더니 보란 듯이 바닥을 가리켰다. 'TRAPHAND'라고 적힌 블록이 덩그러니 놓여 있었다.

"트랩핸드…… 함정의 손이라. 비밀 기지 같은 곳이네요."

"바로 그겁니다."

안쪽으로 들어가자 나무로 된 수수한 문이 나왔다. 기요카와는 그 문을 열고 안으로 들어갔다. 미나도 뒤따라 들어갔다. 조명이 은은해서 다소 어두웠다.

오른쪽에는 카운터가 있었고, 그 안쪽에 마스터로 보이는 훤칠한 남자가 있었다. 검은 셔츠 위에 검은 조끼를 걸치고 있었다. 거기에 검은 마스크까지 썼다. 어서 오세요, 하고 남자가 인사를 건넸다.

다른 손님은 없었다. 안쪽에 탁자가 있었지만 아무도 없었다.

기요카와가 카운터에 앉는 걸 보고 미나도 그 옆에 자리를 잡았다.

"주문은 뭘로 하시겠습니까?"

마스터가 물었다.

"술을 정하기 위해 아까 하던 얘기를 마저 해도 되겠습니까?" 기요카와가 미나를 보며 물었다. "별장 말입니다."

"네, 듣고 싶어요. 하지만 그 얘기랑 술이 무슨 상관이 있다는 거죠?"

"그 별장을 떠올리면 술을 신중하게 고르고 싶어지죠. 괜찮으시다면 같은 걸 드시겠습니까?"

"저는 좋아요. 어떤 술인가요?"

"바로 칵테일 블루 하와이입니다." 기요카와는 손가락을 세우며 말했다. "어떠십니까?"

"블루 하와이요. 이름은 알지만 마셔본 적은 없네요. 맛있나요?"

"그건 직접 본인의 입으로 판단하시죠. 마스터, 블루 하와이 두 잔 부탁해요."

마스터는 알겠습니다, 하고 고개를 끄덕였다.

미나는 기요카와 쪽으로 몸을 틀었다.

"별장에는 두 종류가 있다고 들었어요. 콘도미니엄과 단독주택요. 기요카와 씨 별장은 어느 쪽인가요?"

"단독주택입니다. 콘도미니엄은 관리비만 지불하면

귀찮은 일이 없어서 편리하지만 리조트 호텔이니 다른 손님과 마주치지 않고 생활하기란 불가능하죠. 멀리 하와이까지 갔으니 개인적인 시간을 충분히 즐기고 싶지 않겠습니까. 그래서 단독주택을 구입했죠."

"그 심정은 이해하지만 엄청난 호사네요."

"나에게 주는 선물이라 생각했습니다. 이 나이까지 나름대로 열심히 일했거든요."

기요카와는 자조하듯 웃었다. 마흔다섯 살, 결혼 이력 없음. 그의 프로필에는 그렇게 적혀 있었다.

마스터가 셰이커를 흔들기 시작했다. 섁섁, 기분 좋은 소리가 실내에 울려 퍼졌다.

기요카와가 겉옷 안주머니에서 스마트폰을 꺼냈다. 손으로 몇 번 조작하더니 미나 쪽으로 화면을 내밀었다.

"대충 찍은 거라 별로 잘 나온 사진은 아니지만 이런 느낌입니다."

도로에 인접한 건물을 대각선 방향에서 찍은 사진이 화면에 떴다. 직사각형의 하얀 이층집이었는데 길에서 현관까지 계단으로 이어져 있었다. 건물을 둘러싼 화단이 푸르렀다.

“멋져요.” 사진을 보자마자 미나는 중얼거렸다. “바다는 가까운가요?”

“걸어서 십 분 조금 더 걸립니다. 하지만 집 뒤쪽으로 바다가 보이죠.”

기요카와는 다시 스마트폰을 조작한 뒤 미나에게 화면을 보여줬다.

실내에서 밖을 찍은 사진이었다. 그의 말대로 멀리 푸르른 바다가 보였다. 물론 바다 풍경은 아름다웠지만 미나가 관심을 가진 건 실내 인테리어였다. 소파는 유럽산 최고급품이 분명했다. 다른 물건들도 저렴해 보이지는 않았다.

“이런 질문, 실례일지도 모르지만 이런 별장은 얼마쯤 하나요?”

미나의 물음에 기요카와는 겸연쩍게 웃었다.

“하하, 직설적인 질문이네요.”

“죄송해요. 속물처럼.” 미나는 두 손을 모았다. “대답하지 않아도 돼요. 잊어주세요.”

“사과하실 것까지야. 이 집은 이쯤 합니다.”

기요카와는 카운터 아래에서 손가락 두 개를 폈다.

"그 말은……."

단위를 파악할 수 없어서 미나는 당황했다.

"이백쯤 합니다."

200…… 얼마란 걸까. 미나는 머리를 굴렸다. 200만 엔일 리는 없었다. 그러면 200만 달러인가. 일본 엔으로 얼마인지 계산하자 심장이 뛰었다. 2억 엔 이상이다.

달칵. 작은 소리가 났다. 앞을 보니 카운터에 칵테일 잔 두 개가 놓여 있었다. 잘게 부순 얼음에 투명한 파란 액체가 담겨 있다. 거기에 파인애플을 올리고 얇은 빨대 두 개를 꽂았다.

"주문하신 블루 하와이입니다."

마스터가 나지막한 목소리로 말했다.

예쁘다. 미나는 감탄사를 내뱉은 뒤 잔을 들었다. 푸른 바다를 떠올린 뒤에 한 모금 마셨다. 달콤 쌉싸름한 맛, 그리고 산미가 절묘한 균형을 이루며 입안에 퍼져 나갔다. 독특한 향기가 코를 타고 올라왔다.

잔을 내려놓고 눈을 휘둥그레 떴다.

"맛있다."

"감사합니다."

마스터가 고개를 숙였다.

기요카와가 옆에서 손을 뻗어 미나의 잔에 꽂힌 빨대를 건드렸다.

"왜 빨대를 두 개 꽂는지 아십니까?"

미나가 고개를 저었다.

"몰라요. 술에 빨대라니 이상하다고 생각했는데, 혹시 커플이 동시에 마시라고 꽂아놓은 건가요?"

기요카와는 웃음을 터뜨렸다.

"가끔 그런 사람도 있죠. 아쉽게도 아닙니다. 이건 스터링(Stirring) 스트로라고 크러시드 아이스를 섞는 데 씁니다. 그러면 얼음이 녹아도 맛이 항상 균등해지죠."

"아, 그렇군요. 역시 마시는 데 쓰는 건 아니네요."

"아뇨. 이걸로 마셔도 상관없습니다. 하지만 얇아서 마시기 힘들죠. 그럴 때는 두 개를 동시에 쓰면 되고요."

"아, 그래서 두 개구나……."

"말이 많았죠. 잡다한 지식을 떠드는 걸 제가 워낙 좋아해서."

기요카와가 빨대에서 손을 뗐다.

다음 순간, 별안간 뭔가가 미나의 시야를 가렸다. 눈

앞에 메뉴가 펼쳐져 있었다.

"말씀 나누시는 중에 죄송합니다. 안주가 필요하실 것 같아서."

마스터는 메뉴를 들고 물었다.

"아, 저는 괜찮은데……."

"그러십니까. 손님은 어떠십니까?" 마스터는 메뉴를 기요카와 앞으로 옮겼다. "희귀한 견과류나 치즈도 준비돼 있습니다만."

"아뇨, 나도 지금은 됐습니다. 고마워요."

"알겠습니다." 마스터는 메뉴를 다시 접어 카운터 아래에 넣었다. 일련의 손놀림은 물 흐르듯 자연스러워서 고작 메뉴를 접었을 뿐인데 미나는 눈길을 빼앗겼다.

"그럼 다시 건배할까요?"

기요카와가 잔을 들었다.

"뭐에 건배하죠?"

"당연히 우리의 만남에…… 어떻습니까?"

"좋네요."

쨍, 공중에서 칵테일 잔이 맞부딪혔다.

미나는 다시 블루 하와이를 음미하며 "하와이 말고

다른 데도 별장이 있나요?" 하고 물었다.

갑자기 기요카와가 얼굴을 찡그렸다.

"예전에 가루이자와(軽井沢)에도 있었는데 거의 찾지 않아서 몇 년 전에 내놨습니다. 하지만 잘못된 선택이었죠. 코로나로 도쿄를 떠나는 사람이 늘면서 가격이 상당히 뛰었다고 하더군요. 이럴 줄 알았으면 그냥 가지고 있는 건데."

"세상이 이렇게 될 줄 누가 알았겠어요."

"그러게 말입니다."

별장에 관한 정보 수집은 이쯤 하면 충분하겠지.

"히로오(広尾)에 사신다고 하셨죠? 맨션인가요?"

"네."

"자가인가요?"

기요카와는 고개를 저었다.

"월세입니다. 같은 곳에 오래 사는 게 성미에 안 맞아서 몇 년 살다 집을 옮기거든요. 그러니 월세가 더 편하죠. 매매하면 팔리지 않을 경우에 귀찮아지잖아요. 그렇다고 가격을 내려서 내놓기도 싫고."

"그건 그렇죠."

미나는 고개를 끄덕이며 만일 이 남자와 결혼하면 서둘러 고급 맨션을 구입해야겠다고 생각했다. 가급적이면 한 채가 아니라 여러 채를. 장차 사별했을 때 정기적인 수입원을 확보할 필요가 있다.

그런 이야기를 하는 동안 블루 하와이 잔이 비었다. 마스터가 "주문하시겠습니까?" 하고 물었다.

"뭘 시킬까요?"

기요카와가 미나에게 물었다.

"그러게요. 술은 좋아하는데 칵테일은 잘 몰라서."

"괜찮으시다면 오늘 밤 권해드리고 싶은 칵테일이 있는데요."

마스터의 말에 기요카와가 손가락을 딱 튕겼다.

"그렇게 하죠. 추천 메뉴가 있으면 그걸 마시는 게 제일 좋죠."

"알겠습니다."

마스터는 셰이커를 들고 칵테일을 제조하기 시작했다. 동작 하나하나에 군더더기가 없었다. 게다가 단순히 몸을 기계적으로 움직이는 게 아니라 우아한 춤을 연상시키는 부드러움도 느껴졌다. 가만히 보고 있어도 질리지 않는, 신기한 손놀림이었다.

"참고로 재료는 뭐가 들어갑니까?"

"브랜디에 화이트 럼, 쿠앵트로와 레몬주스입니다."

마스터는 막힘없이 대답했지만 그 대답만 들어서는 어떤 칵테일이 완성될지 미나는 짐작이 가지 않았다.

마스터는 셰이커를 흔들던 손을 내리고는 완성된 칵테일을 잔에 부은 뒤 두 사람 앞에 내려놓았다.

갈색 빛깔의 액체를 바라본 뒤 미나는 한 모금 나셨다. 산뜻한 오렌지 향이 코를 간질였다.

"맛있다."

미나의 감상에 기요카와도 동의하듯 고개를 끄덕였다.

"우아한 맛이네요."

"마음에 드셨다면 다행입니다."

마스터는 여유로운 미소로 답했다. 처음부터 자신이 있었던 모양이다.

"술이 바뀌었으니 화제도 바꿔볼까요?"

미나는 기요카와를 보았다.

"그것도 좋죠. 무슨 이야기를 할까요?"

"하시는 일을 조금 더 자세히 알려주세요. 아이티 사

업이라고 하셨는데 구체적으로는 어떤 일인가요?"

"이것저것 다 합니다. 그중 하나는 유행을 예측하는 일이죠. 빅데이터와 인공지능을 조합해 다음에 어떤 붐이 어떤 타이밍에 일어날지 찾는 거죠. 패션업계만이 아니라 생활용품 회사도 저희 고객입니다……."

거기까지 이야기하더니 기요카와는 갑자기 하품을 했다. "아, 실례했습니다. 그래서 음…… 아, 그래요, 유행에 대한 얘기였죠. 유행에 관한 정보를 원하는 기업과 조직은 많습니다. 요즘 시대엔 붐이 찾아온 뒤에 대응하기 시작하면 뒤처지니까요. 그런 점에서 저희 회사에서 다루는 시스템은 획기적인데…… 빅데이터와 인공지능을……." 거기까지 말한 뒤 기요카와는 눈을 깜빡였다. 오른쪽 손가락으로 두 눈을 주무르더니 힘없이 고개를 저었다.

"어디 불편하십니까?"

"아뇨, 아무것도 아닙니다. 아, 어디까지 얘기했죠?"

"유행을 예측하는 서비스를 제공하고 계신다고. 그밖에는 어떤 사업을 하십니까?"

"그 밖에는…… 음, 엔터테인먼트 쪽에도 손대고 있

습니다. 환라비…… 미나 씨는 '환라비'를 아십니까?"

"〈환뇌 라비린스〉는 잘 알죠. 인기 애니메이션이잖아요."

하지만 대답은 돌아오지 않았다. 기요카와는 이마를 짚고 있었다.

미나가 기요카와 씨, 하고 불렀다.

"왜 그러세요?"

"네? 아니, 아무것도 아닙니다. 뭐였지……."

"'환라비' 얘기하던 중이었잖아요."

"그랬죠. 그 애니메이션으로 온라인 게임을 계획 중인데…… 이미 작가와 얘기도 끝났고……." 기요카와는 손바닥으로 얼굴을 문지르며 심호흡을 반복했다. "이상하네. 마스터…… 화장실이 어디죠?"

"안내해드리죠."

마스터가 카운터에서 나와 기요카와를 화장실로 안내했다. 화장실은 출입문 바로 옆에 있었지만 문이 잘 보이지 않았다.

카운터 안쪽으로 돌아온 마스터는 미나에게 눈웃음을 보내며 물었다.

"결혼 앱입니까? 아니면 결혼 사이트?"

"네?"

"직접 만난 건 오늘 밤이 처음인 것 같군요."

미나는 훗, 웃음을 흘렸다.

"얘기를 들으신 모양이네요. 네, 맞아요. 사이트에서 만나서 오늘이 첫 데이트예요."

"저 남성분에 대한 평가는 어떻습니까?"

"지금으로서는 뭐 괜찮은 것 같아요. 아직 뭐라 말할 단계는 아니지만요."

"손님은 꽤 현실적인 사고방식을 가지신 여성분인 것 같군요. 상대의 재산 상태를 세세하게 파악하고 계셨죠. 그것도 에둘러 물어보는 게 아니라 대담하게요. 비난하는 건 아닙니다. 좋은 자세라 칭찬하는 겁니다. 평생이 달린 문제니 점잔 뺄 필요는 없죠."

"결혼 상대를 정할 때 경제력을 알아보는 건 중요해요. 이십 년 전 드라마에서 마쓰시마 나나코도 그랬죠."

그렇게 말하며 미나는 칵테일을 마셨다. 역시 맛있었다.

"분명 그건 그런데, 그렇다면 엄격하게 해야죠."

의미심장한 말이 마음에 걸렸다.

"그게 무슨 뜻이에요?"

그러자 마스터는 어느샌가 들고 있던 스마트폰을 조작했다. 그리고 미나에게 화면을 내밀었다. 화면 속 사진을 보고 헉 숨을 삼켰다. 아까 기요카와가 보여준 하와이 별장이었다.

"어떻게 그 사진을 갖고 있죠……?" 거기까지 말하고 나서 알아챘다. "그 스마트폰, 마스터 게 아니죠? 그 사람 스마트폰이죠? 화장실에 안내해주는 척하면서 슬쩍한 거예요?"

"슬쩍한 게 아니라 잠깐 빌린 겁니다. 그대로 잠들면 누군가에게 데리러 오라고 연락해야 하니까."

전혀 눈치채지 못할 만큼 경이로운 솜씨였다.

"비밀번호는 어떻게 해제했어요?"

"그냥 풀었습니다."

"그냥 풀었다니……."

"그런 사소한 것보다 더 중요한 문제가 있습니다. 이 건물 사진을 보고 뭐 느끼신 거 없습니까?"

미나는 사진을 바라보며 고개를 저었다.

"딱히 이상한 점은 없는 것 같은데요. 뭐 문제 있나요?"

"자세히 보십시오. 광각렌즈로 찍은 사진입니다. 그런데 이 스마트폰 카메라에는 광각으로 찍는 기능이 없어요. 실내도 광각렌즈로 촬영했죠. 대체 어떻게 된 일일까요? 제 추리는 이렇습니다. 이 사진은 그분이 찍은 게 아니라 어느 부동산 회사가 올린 매물 정보를 따로 저장한 거겠죠. 부동산업자들은 보통 매물을 광각렌즈 카메라로 촬영하니까."

미나는 화면과 마스터의 얼굴을 번갈아 봤다.

"그 사람이 하와이에 별장을 갖고 있다는 게 거짓말이라는 건가요 그럼?"

"진짜 별장이 있다면 실제로 찍은 사진을 보여줬겠죠."

"부자인 척하려고 거짓말을 했다는 건가요?"

"그렇다고 봐야겠죠. 하지만 다른 곳이 아니라 하와이에 별장이 있다고 한 데는 다른 이유가 있어서일 겁니다."

"그 이유가 뭔가요?"

"저 남성분은 지난주에 처음 저희 가게를 찾으셨습니다. 주문은 블루 하와이 한 잔만 하셨고요. 다 마신 뒤

바로 일어나셨죠. 그로부터 일주일이 지난 오늘, 여성과 함께 찾아와 블루 하와이를 주문했습니다. 그러니 뭔가 있다는 생각이 들지 않겠습니까. 그래서 그분의 행동을 유심히 관찰했더니 역시 예상대로더군요."

"그게 뭔가요?"

마스터는 카운터에 칵테일 잔을 내려놓고 물을 부은 뒤 얇은 빨대를 꽂았다.

"그분이 스터링 스트로 얘기를 했죠. 목적은 잡다한 지식을 자랑하려는 게 아니라 빨대를 건드리며 손님 칵테일에 뭔가를 넣는 것이었습니다. 손가락 사이로 하얀 가루를 넣는 게 보이더군요." 마스터는 칵테일 잔을 빨대로 젓기 시작했다. "그걸 섞으면 투명한 액체는 이렇게 되죠."

잔에 든 액체를 보고 미나는 눈을 휘둥그레 떴다. 물은 점점 선명한 푸른빛으로 바뀌었다. 블루 하와이의 빛깔과 흡사했다.

"그 뭔가란, 바로 약입니다." 마스터는 다시 카운터에서 나와 화장실로 걸어갔다. 그리고 안이 보이게 문을 열었다. "그 약을 모르고 먹었다간 이렇게 되죠."

미나는 의자에서 일어나 마스터의 어깨 너머로 화장실을 들여다봤다. 기요카와가 변기를 껴안은 자세로 잠들어 있었다.

"아, 혹시 수면제……."

마스터가 고개를 끄덕였다.

"비열한 남자들이 성범죄에 악용하는 걸 방지하기 위해 요즘 수면 유도제는 물에 녹으면 파랗게 변색되도록 개량됐습니다. 하지만 원래 파란 빛깔을 띤 음료라면 섞어도 알아채기 어렵죠. 블루 하와이는 그런 음료의 대표격이고요. 지난주에 이곳을 찾은 건 사전 답사를 위해서였을 겁니다. 자신이 예상했던 것과 다른 빛깔의 블루 하와이가 나오면 계획이 틀어지니까요."

"계획…… 저한테 수면제를 먹이려던 건가요?"

"그렇겠죠. 그 목적은 대충 짐작이 가고요." 마스터는 기요카와의 스마트폰을 조작하며 미간에 인상을 썼다. "예상하기는 했지만 정말 질이 나쁜 인간이군요. 여성분께 보일 수 있는 사진은 한 장도 없네요."

"사진?"

"……아, 이건 그나마 낫군요."

마스터가 화면을 미나에게 보였다.

미나는 무심코 얼굴을 찡그렸다. 나신으로 엎드려 누워 있는 여성의 모습이 찍힌 사진이었다. 잠든 것이겠지.

"이 상태로 촬영을 허가하는 여성이 있을 것 같지는 않으니 아마 무단으로 찍었겠죠. 게다가 그냥 잠든 게 아니라 수면제를 먹고 쓰러졌을 공산이 크고요."

"최악이네요……."

미나는 어이없다는 표정으로 곯아떨어진 기요카와를 노려봤다. 수면제를 먹여 쓰러뜨린 뒤에는 어떡할 작정이었을까. 근처 호텔 같은 데 데려가 옷을 벗기고, 그다음은? 당연히 나체 사진만 찍고 끝내지는 않았을 것이다.

"아, 그런데." 중요한 사실을 깨닫고 미나는 마스터를 바라봤다. "그 약을 어떻게 저 사람이 먹은 거죠? 내가 아니라."

마스터는 살짝 두 손을 펼쳤다.

"간단합니다. 제가 잔을 바꿔치기했거든요."

"바꿔치기했다고요?" 기억을 되짚자 금세 짐작 가는 장면이 떠올랐다. "그때군요. 우리한테 메뉴를 보여줬을 때요. 분명 순간적으로 잔이 시야에서 사라졌어요."

"다른 곳이면 몰라도 제 가게에서 비열한 범죄를 저지르려는 걸 못 본 척할 수는 없으니까요."

"그랬군요. 전혀 몰랐어요. 그나저나……." 미나는 정신없이 곯아떨어진 기요카와를 보며 말했다. "아주 강력한 약이었나 봐요. 큰일 날 뻔했어요."

마스터는 카운터 안으로 들어가 아래에서 병을 꺼냈다.

"잔을 바꾸면서 이걸 살짝 탔죠."

미나는 병에 붙은 라벨을 보고 나지막이 외쳤다.

"데킬라……."

"손봐줄 거면 철저하게 해야죠."

웃음 짓는 마스터의 눈에 불온한 빛이 감돌았다.

"굉장하네요. 감사합니다. 덕분에 화를 면했어요."

"그분의 속셈은 이미 다 알고 있다는 걸 넌지시 경고했는데 알아채지 못하신 모양이군요. 칵테일에 대한 지식이 별로 없었던 거겠죠."

"경고?"

"그 칵테일입니다." 마스터는 미나 앞에 놓인 잔을 가리켰다. "트립핸드의 오리지널 칵테일이 아니라 정석입니다. 이름은 비트윈 더 시트. 침대 속으로라는 뜻이죠. 그 경고를 알아챘다면 비열한 수작은 포기하고 일찌감치 돌아가 지금쯤 침대에서 편안하게 자고 있었을 텐데요."

미나는 마스터의 얼굴을 바라봤다. 이 사람은 대체 정체가 뭐지?

"손님도 다 드시면 그만 가보십시오. 도쿄도에서 영업시간 단축 요청이 내려왔습니다. 오늘 밤은 여기서 마감해야겠군요. 계산은 신경 쓰지 마십시오. 일행분께 받을 테니까요. 그럼 편안한 밤을. 다음에는 멋진 남성과 함께 찾아주시기를 빌겠습니다."

마스터는 손가락을 탁 튕기더니 다른 쪽 손으로 출입문을 가리켰다.

미나가 고개를 돌리자 문은 어느새 열려 있었다.

환상의 여자

1

색소폰 소리의 울림이 실내에 잔잔하게 퍼져 나갔다.

재즈의 명곡 〈레프트 얼론〉, 연주는 종반에 접어들었다. 이 멤버의 라이브는 대체로 이 곡으로 마무리한다고 했다. 얼마 전에 도모야에게 들은 이야기다.

도모야는 지금 색소폰 주자의 뒤에서 우드 베이스를 연주하고 있었다. 곡에 취한 듯 몸을 흔들며, 이따금 유즈키 쪽으로 시선을 던졌다. 즐거운 밤이냐고 묻는 듯한 시선에 유즈키는 눈을 깜빡였다. 한껏 즐기고 있다는 듯…….

색소폰의 마지막 음색이 울려 퍼지자 드러머의 섬세한 심벌 소리와 함께 곡이 끝났다. 주변 관객들은 흡족한 표정으로 박수를 보냈다. 거의 대부분이 고령자였다.

색소폰을 불던 남자의 인사를 마지막으로 라이브가 끝났다. 유즈키는 도모야와 시선을 맞췄다. 그가 살짝 고개를 끄덕이는 걸 보고 자리에서 일어났다.

수십 명이 들어가면 꽉 차는 작은 재즈클럽을 나와

택시를 탔다. 목적지는 에비스. 택시가 출발하자 유즈키는 스마트폰을 꺼내 도모야에게 메시지를 보냈다.

'최고의 연주였어. 감동해서 울 뻔했어.'

이내 답장이 왔다.

'고마워. 마음껏 울지 그랬어(웃음)'

저도 모르게 입가에 미소가 번졌다.

택시가 목적지에 도착했다. 유즈키는 택시에서 내려 바로 옆 골목으로 들어갔다. 발밑에 'TRAPHAND'라고 새겨진 블록이 놓여 있었다.

안쪽으로 들어가자 검은 문이 보였다. 아무런 표시도 없는 문이었다.

문을 열고 안으로 들어가자 은은한 조명이 실내를 비추고 있었다. 카운터와 탁자가 하나씩 있는 작은 바였다. 카운터 안쪽에서 훤칠한 키의 남자가 낮은 목소리로 "어서 오세요." 하고 인사를 건넸다. 검은 셔츠에 검은 조끼를 걸치고 있었다. 바의 마스터인 가미오였다.

카운터 제일 안쪽 자리에 남자 손님이 앉아 있었다. 암갈색 헤링본 정장에 동그란 프레임의 안경을 쓰고 있었다. 마시던 잔에는 위스키인 듯한 호박색 액체가 들어 있었다.

유즈키는 카운터 끝에서 두 번째 의자에 앉았다.

“분명 오늘은 라이브가 있는 날이었죠.”

“맞아요. 방금 전까지 클럽에 있었어요.”

“다카토 씨 연주는 처음 들으시는 건가요?”

“몇 번 듣긴 했는데, 오늘처럼 본격적인 재즈클럽에서 들은 건 처음이에요.”

“어떠셨습니까?”

유즈키는 두 손을 꼭 쥐며 말했다.

“역시 집에서 즉흥적으로 연주했을 때하고는 전혀 다르더라고요. 음악에 취한 느낌이었달까요. 아마 그 사람에게 제일 행복한 시간이었겠죠.”

“그렇게까지 알아주는 관객이 있으니 뮤지션으로서는 최고의 행복이 아닐까요. 하지만 잘못 알고 계시는 게 하나 있습니다. 다카토 씨에게 가장 행복한 시간은 말할 것도 없이 당신과 함께하는 시간이겠죠.”

가미오의 말에 유즈키는 체온이 올라가는 걸 느꼈다. 달아오르는 얼굴을 보이고 싶지 않아 말없이 고개를 숙였다.

"주문은 어떻게 하시겠습니까? 다카토 씨가 오실 때까지 기다리시겠습니까?"

가미오가 물었다.

"뭐 하나 마실게요. 뒷정리하는 데도 시간이 걸릴 테고, 일단 집에 갔다가 다시 나온다고 했으니까."

우드 베이스는 일본식 표현으로, 정식 명칭은 콘트라베이스다. 사람 키보다 큰 악기를 가지고 다니기는 힘드니 도모야는 차로 운반했다. 집은 히로오라 여기서 멀지 않았다.

"평소처럼 와인으로 하시겠습니까?"

"음, 어쩌지. 아까 클럽에서 레드와인을 마셨거든요."

"그럼 싱가포르 슬링은 어떠십니까? 전에 드셨을 때 마음에 들어 하셨잖습니까."

"좋네요. 그걸로 주세요."

가미오는 고개를 끄덕이더니 제조를 시작했다. 먼저 꺼낸 재료는 진이었다.

안쪽 자리에 있던 남자가 일어났다.

"그만 간다. 계산 부탁해."

가미오는 고개를 저었다.

“됐어. 오늘은 내가 살게.”

“그러지 마.”

둥근 안경을 쓴 남자는 지갑에서 신용카드를 꺼내 카운터에 내려놓았다.

가미오는 미간을 찌푸리더니 유즈키를 향해 웃으며 말했다.

“잠시 기다려주십시오.”

“네, 괜찮아요.”

둥근 안경의 남자는 미안하다는 듯 말없이 유즈키에게 고개를 숙였다.

카드 결제를 마친 가미오가 영수증을 남자에게 건넸다. 영수증을 받으며 남자가 말했다.

“아까 그 얘기 말인데, 역시 기일에는 안 올 거냐?”

“생각해볼게.”

가미오는 무뚝뚝하게 대답했다.

둥근 안경의 남성은 체념한 표정으로 한숨을 내쉬며 출입문으로 향했다. 가미오는 그 뒷모습을 말없이 지켜볼 뿐이었다.

남자는 가게를 나섰다. 누구일까 생각하며 유즈키가

말을 고르고 있는데 가미오가 셰이커에 재료를 넣으며 말했다.

"형님입니다. 서로 생활에 간섭하지 않기로 했는데, 이따금 시골에서 올라오죠. 동생이 고독사라도 하면 귀찮아진다 생각하는 건지. 드시죠."

가미오는 그렇게 말하며 잔을 내려놓았다. 옅은 붉은빛 액체에 체리와 레몬이 올라가 있었다. 한 모금 마시자 새콤달콤한 맛과 적절한 쓴맛이 혀 위로 번졌다.

"맛있다."

"입에 맞으신다니 다행입니다."

가미오는 하얀 이를 보이며 대답했다.

즐거운 시간이었다. 곧 도모야가 오겠지. 라이브의 성공을 축하하며 건배한 뒤에는 오늘 공연의 감상을 이야기해야 한다. 어떻게 표현하면 좋을까. 유즈키는 칵테일을 마시며 이런저런 생각을 했다. 진부한 말로 표현하고 싶지는 않았다.

잔이 비었다. 한 잔 더 드릴까요, 하고 가미오가 물었다.

"그것도 좋지만……. 일단 그 사람한테 연락해볼게요. 좀 늦네요."

"그러고 보니 그러네요. 벌써 열두 시가 넘었는데."

유즈키는 가방에서 스마트폰을 꺼내 '좀 늦는 것 같은데 무슨 일 있어?'하고 메시지를 보냈다.

여느 때 같았으면 도모야는 금방 답장을 줄 터였다. 하지만 몇 분이 지나도 메시지는 '읽음'으로 바뀌지 않았다.

기다리다 전화를 걸어보기로 했다. 하지만 전파가 닿지 않는 곳에 있거나 전원이 꺼져 있다는 안내 음성이 흘러나왔다.

스마트폰을 들고 당혹스러워하는 유즈키를 보고 가미오가 무슨 일이냐며 물었다.

"모르겠어요. 전화 연결이 안 되네요."

"재즈클럽에 연락해보면 어떨까요? 공연 후에 무슨 문제가 발생한 건지도 모르죠. 이 시간이면 아직 사람이 있을 겁니다."

"아, 그렇군요. 그런데 뭐라고 말해야 할지……."

유즈키와 도모야의 관계를 아는 사람은 극소수였다. 클럽 관계자가 일반 팬에게 뮤지션에 관한 정보를 알려줄 것 같지는 않았다.

"재즈클럽 연락처는 아십니까?"

가미오가 물었다.

"오늘 티켓에 적혀 있을 것 같아요."

유즈키는 가방에서 티켓을 꺼냈다.

"잠깐 보겠습니다."

팔을 뻗는 가미오를 보고 유즈키는 티켓을 건넸다.

가미오는 티켓을 보며 전화를 걸었다. 스마트폰을 귀에 대고 연결되기를 기다리는 모습에서 여유가 느껴졌다.

"아, 좀 여쭤보고 싶은 게 있습니다. 다카토 도모야 씨는 출발하셨습니까…… 아. 실례했습니다. 저는 다카토의 친구 가미오라고 합니다. 공연이 끝난 뒤에 한잔하기로 했는데 약속 장소에도 안 나타나고 전화 연결도 안 돼서 무슨 일인가 싶어서요."

가미오는 막힘없이 자연스러운 목소리로 술술 사정을 읊었다. 나라면 저렇게 못 말했을 거야. 유즈키는 생각했다.

하지만 다음 순간 여유가 넘치던 가미오의 표정이 갑작스레 매서워졌다.

"어디라고요……? 네…… 네……. 그랬군요. 알겠습

니다…… 아뇨. 그건 제가 알아보겠습니다. 늦은 시간에 실례가 많았습니다."

전화를 끊은 뒤 가미오는 진지한 표정으로 유즈키를 보았다.

"다카토 씨가 사고를 당했답니다."

"네……?"

심장이 덜컥 내려앉았다.

"악기를 차로 운반하다 오토바이에 치였다고 합니다. 머리를 다쳐서 의식이 없는 상태로 병원으로 이송됐다는군요. 데이토 대학 병원입니다."

가미오의 말 한마디 한마디가 제대로 머리에 들어오지 않았다. 상황은 막연히 이해할 수 있었지만 사실로 인식할 수 없어 혼란스러웠다.

히노 씨. 가미오가 유즈키를 불렀다.

"병원에 안 가봐도 되겠습니까?"

이 물음에 유즈키는 번쩍 정신이 들었다. 그녀는 가방을 들고 자리에서 일어났다.

"가야죠, 병원에…… 아까 어느 병원이라고……."

"데이토 대학 병원입니다."

"데이토……."

스마트폰을 들고 검색하려 했다. 하지만 손이 떨려서 마음처럼 되지 않았다. 손뿐만 아니라 온몸이 떨려왔다.

"같이 가시죠."

가미오가 검은 조끼를 벗었다.

미안하다고 생각하면서도 유즈키는 사양할 수 없었다. 너무나도 동요해 머리가 제대로 돌아가지 않았다. 무슨 일을 해야 할지 누가 알려줬으면 좋겠다고 생각했다.

가미오가 부른 택시를 타고 병원으로 향했다. 차 안에서 유즈키는 두 손을 꼭 모으고 도모야가 많이 다치지 않았기를 간절히 기도했다. 병원에 도착했을 때 침대에서 눈을 뜨고 있기를 신에게 빌었다.

병원에 도착한 두 사람은 택시에서 내려 응급실 출입구로 들어갔다. 가미오가 창구에서 도모야가 있는 곳을 알아 왔다.

응급실로 가자 대기실에 몇몇 사람들이 있었다. 그중 한 명은 라이브에서 피아노를 연주하던 남성이었다.

여자도 한 명 있었다. 마흔 전후일까. 짧은 머리에 정장 차림이었다. 화장기가 거의 없는 건 서둘러 달려왔기 때문일지도 모른다. 얼굴을 보는 건 처음이었지만 누구인지 짐작이 갔다.

피아니스트가 두 사람을 보고 다가왔다.

"아, 어떻게 오셨죠?" 남자는 그렇게 묻더니 유즈키를 보고 살짝 놀란 듯 눈썹을 치켜 올렸다. "그쪽 여자분은…… 분명 공연을 보러 오셨던 분이죠?"

유즈키는 애매하게 고개를 끄덕였다.

"저희는 다카토의 친구입니다." 가미오가 말했다. "오늘 밤에 만날 약속을 했는데 영 늦는 것 같아서 클럽에 물어봤더니 사고를 당했다고 하더군요."

"그러셨군요."

피아니스트는 그 말에 수긍한 눈치였다.

"지금은 좀 어떻습니까?"

가미오의 물음에 피아니스트의 표정이 어두워졌다.

"뇌좌상이라고 합니다. 오토바이에 치여서 넘어졌을 때 콘크리트 블록에 머리를 세게 찧어서……. 악기를 안고 있어서 손을 쓸 수가 없었죠. 긴급 수술 중인데 상당히 위험한 상태라고 합니다."

옆에서 듣던 유즈키는 눈앞이 핑 도는 것 같았다. 가벼운 부상은커녕 생각지도 못한 중상이었다. 상당히 위험한 상태라는 건 무슨 말일까. 도모야가 죽을지도 모른다는 건가?

"일단 앉는 게 좋겠어요."

유즈키의 상태를 알아챈 가미오가 의자를 권했다.

유즈키는 무너지듯 자리에 앉았다. 주체할 수 없을 정도로 심장이 격하게 뛰고 호흡이 거칠어졌다. 온몸에 한기가 도는데 겨드랑이에서는 식은땀이 흘러내렸다.

가만히 고개를 숙이고 있는데 눈앞으로 그림자가 졌다. 고개를 든 순간 철렁했다. 방금 전 그 여자가 앞에서 있었다.

황급히 일어났지만 순간 눈앞이 캄캄해졌다. 졸도할 뻔했지만 가미오가 부축해줬다.

"그냥 앉아 계세요. 무리하지 마시고요."

여자가 말했다.

가미오도 그러는 게 좋겠다고 말해 유즈키는 천천히 다시 앉았다.

"다카토의 아내 되는 사람입니다."

예상치 못한 말은 아니었다. 유즈키는 네, 하고 고개를 끄덕였다.

"당신이 다카토의 소중한 사람인가요?"

대답하기 힘든 질문이었다. 하지만 대답하지 않을 수도 없었다.

"…… 가깝게 지내고 있기는 합니다."

간신히 그렇게 대답했다.

"이름을 물어봐도 될까요?"

"히노라고 합니다. 히노 유즈키입니다."

"유즈키 씨…… 예쁜 이름이네요."

감사 인사를 건넬 상황도 아니라 유즈키는 침묵을 지켰다.

유즈키는 여자의 이름을 알고 있었다. 다카토 료코다.

"라이브에 가셨나요?"

"네."

"그래요? 나는 벌써 몇 년째 그 사람 연주를 듣지 않았어요. 아니, 처음부터 관심이 없었다고 하는 게 맞겠네요. 그 시점에서 이미 배우자로서 실격이었을지도 모르죠."

다카토 료코는 쓸쓸하게 웃었다.

간호사가 다가왔다.

"부인, 잠시 괜찮으실까요?"

"네."

다카토 료코는 그렇게 대답하고 간호사와 함께 나갔다.

그 뒷모습을 바라보며 유즈키는 복잡한 감정에 휩싸였다. 도모야의 아내와 언젠가는 대면할 날이 올지도 모른다고 각오하긴 했지만, 설마 이런 상황에서 만나게 될 줄은 꿈에도 몰랐다. 만나면 분명 분위기가 험악해지고 잔뜩 욕먹을지도 모른다고 생각했는데 상상과는 전혀 다른 첫 만남이었다.

다카토 료코가 대기실로 돌아오더니 피아니스트에게 뭔가 설명하고 있었다.

그러자 남자들은 침통한 표정으로 저마다 채비를 했다. 돌아가려는 것 같았다. 가미오가 일어나 그들에게 다가갔다.

다카토 료코는 유즈키에게 다가와 말했다.

"아직 수술이 안 끝났어요. 언제 끝날지도 모르고요."

"그렇군요……."

"계속 여기서 기다리게 할 수도 없으니 다들 돌아가시라고 했어요. 그러니까 당신도 그만 가보세요."

"아뇨, 저도 여기서……."

다카토 료코는 냉철한 표정으로 고개를 저었다.

"저 혼자 기다리겠습니다. 아내니까요. 당신은 다카토의 아내가 아니잖아요."

억양 없는 목소리가 유즈키의 배 속으로 묵직하게 가라앉았다.

"제 말뜻, 이해하시죠?"

"……네."

힘없이 고개를 끄덕였다.

가방을 들고 휘청거리는 다리로 걸음을 옮겼다. 어느새 돌아온 가미오가 바래다주겠다고 말했다.

그의 배려를 감사히 받아들이기로 했다.

다시 가미오가 잡아준 택시를 타고 병원을 떠났다. 온몸의 떨림이 멈추지 않았다. 가미오가 뭐라고 말을 걸어 기계적으로 대답했지만 머릿속은 새하얬다. 정신을 차려 보니 집이었다.

유즈키의 집은 다이몬(大門)역에서 걸어서 7분 거리에

있었다. 좁은 원룸이라 도모야를 부른 적은 딱 한 번뿐이었다. 작은 싱글 침대에서 사랑을 나눈 적은 없었다.

침대에 누웠지만 당연히 잠은 오지 않았다. 도모야가 눈을 떴으면 좋겠다. 그러기 위해서라면 어떠한 희생을 치러도 좋다고 생각했다.

다카토 도모야와 처음 만난 건 2년 전이었다. 유즈키가 일하는 긴자(銀座)의 의류 매장에서 손님과 점원으로 처음 만났다.

라이브에서 입을 의상을 찾는데, 재즈의 세계관을 표현할 수 있는 옷을 보여달라며 어려운 주문을 했다.

유즈키는 당혹스러웠다. 재즈는 문외한이었다. 솔직하게 말한 뒤 그 자리에서 스마트폰으로 재즈와 패션을 검색했다.

사진 여러 장이 떠서 그걸 보고 있는데 "혹시 히노 씨 아닌가요?"하고 그가 물었다.

놀라서 고개를 들자 다카토는 살짝 웃으며 말했다.

"역시 맞네요. 아까부터 어디서 본 것 같다고 생각했거든요. 접니다. 다카토입니다."

"다카토라면…… 아, '다카토 덴탈 클리닉'의?"

"맞습니다. 지난번에 다녀가신 뒤로 상태는 좀 어떻습니까?"

그는 고개를 끄덕이더니 물었다.

"괜찮아요. 아, 다카토 선생님이셨구나."

유즈키는 상대의 눈을 보았다.

"그때는 마스크를 쓰고 있었으니까요."

그는 한쪽 손으로 입을 가리며 말했다.

어느 날 아침에 일어나니 잇몸이 부어 있었고 통증도 느껴졌다. 그때 찾은 곳이 출근길에 있는 '다카토 덴탈 클리닉'이었다. 진료를 두 번 받았더니 상태가 나아져 그 뒤로는 가지 않았다.

"본업은 치과의사시군요."

"일단은요. 재즈만으로 먹고살 수는 없으니까요."

낮에는 치과의사, 밤에는 재즈 뮤지션으로 생활한다고 했다. 담당하는 악기는 우드 베이스로 아버지의 영향으로 중학교 때부터 시작했다고 한다.

자신과 조금이나마 관련이 있는 사람이라고 하니 갑자기 친근감이 솟아올랐다. 옷을 고르는 데도 열의가 생겼다. 셔츠와 재킷, 하얀 데님 팬츠를 권했더니 마음에 들어했다.

그로부터 며칠 뒤, 다시 그가 가게로 찾아왔다. 공연하는 모습을 보여주고 싶다고 했다. 스마트폰 화면 속 그는 유즈키가 골라준 의상을 입고 있었다. 잘 어울리는 데다 우드 베이스를 연주하는 모습이 멋져 보였다.

"감사의 뜻으로 점심식사를 대접할 기회를 주시죠."

유즈키는 그 말을 흔쾌히 승낙했다. 그때부터 이미 그에게 끌렸던 것이리라.

도모야와의 첫 점심 데이트는 즐거웠다. 그는 말을 잘하고 지식이 풍부했다. 남의 말을 잘 들어주기도 했다. 재치 있는 대답으로 딱히 재미있지 않은 유즈키의 이야기에도 웃음꽃을 피웠다.

도모야가 기혼자라는 사실을 밝힌 건 식사를 마치고 커피를 마실 때였다.

"그랬군요."

유즈키는 미소 짓고 있었다. 실망하긴 했지만 그다지 놀라지는 않았다. 독신이라는 말은 한마디도 하지 않았기에 처자식이 있을지도 모른다고 생각하기는 했다. 도모야를 향한 호감이 커지기 전에 알아서 다행이라 생각했다.

하지만 뒤이어 도모야는 생각지도 못한 말을 꺼냈다. 아내와는 따로 산다고 했다.

"앞으로의 인생을 설계해나가는 데 있어 아내와 의견 차이가 있었어요. 아내는 내가 재즈에서 손을 떼기를 원했지만 난 그럴 수 없었죠."

도모야의 말에 따르면 같은 치과의사인 그의 아내는 할아버지 대부터 치과를 경영해온 집안 출신이라고 했다. 대학병원에서 일하던 도모야도 결혼 후에는 처가의 병원에서 일했다. 문제는 그가 재즈 뮤지션으로서의 활동을 계속했던 것이다. 아내는 처음에는 이해해주는 듯했지만 연습이나 공연으로 자주 자리를 비우는 남편에게 짜증을 내게 됐다. 가업인 병원의 평판을 떨어뜨릴 수 없다는 사명감이 있었기 때문이다. 병원을 더욱 키우고 싶은 야심도 있었다.

"나는 내 페이스대로 치과의사를 하며 재즈를 즐기고 싶었지만 그런 어중간한 태도로는 젊은 의사들이나 치위생사들에게도 좋지 않은 영향을 끼친다고 했습니다. 그래서 따로 나가 차린 게 지금 병원이고요. 하지만 그걸 계기로 아내와 사이가 나빠졌죠. 그러다 따로 먹고 자게 됐고 결국 별거하게 됐습니다."

도모야는 남의 일처럼 가벼운 말투로 말하더니 어깨를 으쓱이며 커피를 마셨다. 그리고 다시 허리를 펴고 유즈키를 바라봤다.

"설명드렸다시피 사연 많은 아저씨지만, 만일 괜찮으시다면 또 만날 수 있을까요? 다음에는 저녁식사를 같이하고 싶네요."

너무나도 직설적인 말에 유즈키는 당혹감을 느꼈다. 점심식사를 하기 전에 혹시나 교제 요청을 할지도 모른다고 예감하기는 했다. 하지만 이런 형태는 상상조차 하지 못했다.

"역시 안 될까요." 도모야가 힘없는 미소를 지으며 말했다. "그럴 법도 하죠. 제 마음은 접겠습니다. 잊어주세요."

"계속…… 지금처럼 사시는 건가요?"

"네?"

"혼인 상태는 유지하면서 별거하는 생활을 앞으로도 계속하실 건가요?"

도모야는 의아한 표정을 지었지만, 이내 유즈키의 물음에 담긴 뜻을 이해했는지 표정이 누그러졌다.

"아, 이혼할 예정이 있느냐는 뜻이라면, 지금으로서는 없다고 말할 수밖에 없겠네요. 아내와 아직 그런 이야기를 한 적은 없어서요. 앞으로의 일은 모르지만, 불확실한 얘기를 함부로 입에 담을 수는 없죠."

그의 대답을 듣고 유즈키는 그가 성실한 사람이라 생각했다. 여성을 유혹할 때 아내와 이혼할 예정이라고 속이는 남자도 많다. 이 남자는 그게 어리석은 짓임을 아는 것이다.

"지난번 라이브에서 동료들이 그러더군요. 오늘은 웬일로 옷을 잘 입었냐고. 지금까지는 재즈밖에 몰라서 촌스러웠는데, 지금은 개성이 잘 드러난다고 칭찬받았습니다. 그 말을 들으니 알겠더군요. 그 점원분이 내 장점을 잘 끌어내줬다는 걸. 그래서 차분하게 얘기를 나눠보고 싶었습니다. 오늘은 덕분에 정말 즐거웠습니다. 앞으로도 응원하겠습니다. 오늘은 감사했습니다."

"아뇨, 저야말로 잘 먹었습니다."

"그럼 갈까요."

도모야가 계산서를 집어드는 걸 보고 유즈키는 초조함을 느꼈다. 이대로 가게를 나가면 이 남자는 다시 연락하지 않을 테고, 더는 만날 일도 없을 것이다.

저기…….

유즈키는 머뭇거리며 입을 열었다.

자리에서 일어나려던 도모야가 고개를 돌렸다.

"네?"

"점심이라면……."

유즈키는 그렇게 말을 이었다. 목소리가 조금 떨렸다.

"점심이라면…… 또 함께하고 싶어요."

당혹스러워하던 도모야의 표정이 환해졌다.

"좋죠. 그럼 가까운 시일 안에 연락할게요."

유즈키는 네, 하고 대답했다. 얼굴이 화끈거렸다.

그날부터 두 사람의 거리가 가까워지는 데 오랜 시간은 걸리지 않았다. 점심 데이트는 곧 저녁 데이트가 됐고, 그 뒤에 바에서 시간을 보내게 됐다. 그곳이 가미오가 운영하는 '트랩핸드'였다. 그리고 바에서 한잔한 뒤에는 차로 10분도 걸리지 않는 도모야의 집에 들르는 게 정석 데이트 코스가 됐다.

불륜을 저지른다는 의식은 없었다. 도모야가 가족 이야기는 전혀 하지 않았기 때문이다. 하지만 결혼은 욕심내지 않으려 했다. 그것만큼은 기대해서는 안 된다고 스스로를 타일렀다.

하지만 사귀고 나서 1년쯤 지나자 상황이 달라지기 시작했다. 도모야는 아내와 이혼 협의를 시작했다고 했다. 지금 이대로는 양쪽 모두에게 아무런 이득도 없으니 각자의 인생을 사는 길을 긍정적으로 모색하자고 했다고.

'이혼하고 나서 당신과의 미래를 생각해도 될까?'

도모야는 진지한 눈빛으로 말했다.

이런 말을 들었는데 들뜨지 않을 수 있겠는가. 유즈키는 도모야를 와락 껴안았다. 눈물이 멈추지 않았지만 뺨을 흐르는 감촉은 따뜻했다.

도모야에게는 외아들이 있었다. 지금은 고등학생인데 기숙사 생활을 한다고 했다. 아들이 고등학교를 졸업하면 이혼하겠다. 그렇게 아내와 합의를 했다고 들었다. 그 기한이 앞으로 반년 앞으로 다가온 지금, 도모야는 생사의 기로를 헤매고 있었다.

즐거웠던 나날을 돌이켜보며 도모야를 걱정했다. 화장을 지우지 않았다는 걸 깨달았지만 세면대 앞에 설 기력이 없어 침대에서 몸을 둥글게 말고 그저 기도했다. 때때로 머리가 멍해졌지만 정신을 놓은 것인지, 순간 잠이 들었던 것인지는 모르겠다.

정신을 차려 보니 날이 밝아 있었다. 머리와 몸이 모두 무거워 꼼짝도 할 수 없었다. 오늘은 결근하는 수밖에 없겠네, 분명 한 소리 들을 테지만. 그런 생각을 하고 있는데 스마트폰이 울렸다.

시계를 보니 오전 7시도 되지 않았다. 이 시간에 누구지? 화면에 표시된 이름은 '가미오 씨'였다. 어젯밤에 헤어질 때 가미오와 연락처를 교환한 사실을 떠올렸다.

전화를 받았다.

"네."

"'트랩핸드'의 가미오입니다. 히노 씨 맞으시죠?"

"네."

"아침부터 죄송합니다. 하지만 아실 거면 빨리 아시는 게 나을 것 같아서."

가미오의 말투는 담담했다. 하지만 유즈키는 직감했다.

이 사람은 분명 절망적인 소식을 전하려는 것이다…….

"방금 전에 피아니스트분이 연락을 주셨습니다. 무슨 일이 생기면 알려달라고 번호를 남겼었거든요."

스마트폰을 꽉 쥐며 유즈키는 신에게 마지막 기도를 올렸다. 제발, 제발, 기적이 일어났기를…….

하지만 이어진 말은 '유감스럽게도'이었다.

"다카토 씨가 돌아가셨다고 합니다."

순간 온몸에서 힘이 빠져나가는 걸 느꼈다. 의식이 멀어져갔다.

우드 베이스의 소리가 귓속에서 울려 퍼졌다.

2

와인 잔을 내려놓고 다소 통통한 체형의 모리나가가 가슴을 펴며 말했다.

"한마디로 앞으로는 영화나 드라마에 얼굴은 나오더라도 배우가 아니니 연기 같은 건 전혀 하지 않는 게 일반적인 현상이 될 가능성이 있다는 뜻입니다. 그들의 일은 그저 얼굴이 나오는 영상을 대량으로 촬영해 영상 제작자들에게 대여하는 것이죠. 즉, 실제로 연기하는 건 연기력이 뛰어난 배우고, 그 얼굴만 딥페이크로 빌린 얼굴로 대신 가공하는 겁니다. 연기를 잘하는데도 외모가 뛰어나지 않아 주역을 맡지 못하는 배우, 또는 외모는 뛰어나지만 연기력이 없어서 배우가 되지 못하는 사람, 그 양쪽을 이 기술로 구제할 수 있죠. 굉장하지 않습니까?"

눈을 빛내며 말하는 모리나가의 표정은 마치 소년 같았다. 분명 영상 제작을 진심으로 사랑하는 것이리라. 여행이나 요리 이야기를 할 때에는 말수가 적었지만, 일 이야기가 나오자 갑자기 청산유수로 말을 쏟아냈다.

"굉장하기는 하지만, 제가 배우라면 차라리 성형을 할 것 같네요." 유즈키의 옆자리에서 야마모토 야요이가 차가운 목소리로 말했다. "공들여 연기했는데 다른 사람 얼굴로 바꿔버리다니, 자존심 상하잖아요."

하하하. 맞은편에 앉은 요시노가 웃음을 터뜨렸다.

"야마모토도 누군가의 얼굴을 다른 사람으로 만드는 전문가잖아."

"다른 사람은 아니지. 그 사람의 장점을 부각시킬 뿐인데. 메이크업을 CG와 동급으로 두지 말아줄래?"

야요이는 입을 삐죽였다. 그녀는 백화점 화장품 매장에서 매니저로 일한다. 동기인 요시노는 외판부(外商部)•에서 일한다고 했다. 그리고 모리나가는 요시노의 고등학교 동창이라고 했다.

"아무리 성형을 해도 노화를 막을 수는 없잖아요." 모리나가가 말했다. "하지만 딥페이크를 쓰면 젊은 시절

• 직접 점포로 방문하지 않는 법인 고객이나 개인 고객을 상대로 고가의 상품을 판매하는 일을 맡은 부서.

얼굴로 바꾸는 것도 가능하죠."

"어머, 그건 괜찮네요."

"요즘 할리우드 영화에서는 일반적으로 쓰이는 기술이죠. 문제는 젊은 시절의 얼굴을 부활시켜달라고 팬들이 갈망하는 스타가 일본에 별로 없다는 점이랄까요."

모리나가는 레드와인이 든 잔을 들며 유즈키를 향해 씩 웃었다.

니시아자부(西麻布)에 있는 다이닝바였다. 대학 동창인 야요이가 만나게 해주고픈 사람이 있다고 해서 나왔다.

유즈키는 가방에서 스마트폰을 꺼내 화면을 힐끗 본 뒤에 오른쪽에 놓았다.

"지금 몇 시야?"

야요이가 물었다.

"열한 시 십 분 전."

"벌써 그렇게 됐어? 그럼 오늘은 그만 일어나자."

야요이가 남자들에게 말했다.

"안 바래다 줘도 돼?"

요시노가 물었다.

"괜찮아. 둘이서 가면 돼. 고마워."

야요이의 말에 요시노는 말없이 고개를 끄덕였다. 상황을 파악한 얼굴이었다. 모리나가는 아쉬운 눈치였지만 아무 말도 하지 않았다.

가게 앞에서 두 남자와 헤어졌다.

"한 잔만 더 하자."

유즈키는 야요이에게 말했다.

"좋지."

택시를 타고 에비스로 향했다.

"어디로 가는 거야?"

"작은 바야. 너 한번 데려가고 싶었어."

"정말? 기대된다." 야요이는 한숨을 내쉬었다. "역시 별로였어? 영상 오타쿠라 의외로 잘 맞을 것 같았는데."

"미안해. 왼쪽에 못 놓아서."

스마트폰을 왼쪽에 놓으면 2차를 가도 좋다는 신호였다.

"미안하긴. 지루하지 않았으면 다행인데."

"괜찮아, 나름대로 즐거웠어."

거짓말이었다. 관심이 가지 않는 상대와의 식사는 가시방석일 뿐이었다. 하지만 야요이에게 그렇게 말할 수는 없었다. 그녀의 우정에는 진심으로 감사할 따름이었다. 도모야가 세상을 떠난 지 2년이 지나려 하고 있었다. 야요이가 없었으면 어떻게 버텼을까 싶었다.

유즈키는 도모야와의 관계를 야요이에게만 털어놓았다. 야요이가 가자고 하지 않았으면 장례식장을 찾아갈 엄두조차 내지 못했으리라.

"불륜이라고 생각 안 했잖아. 그럼 당당하게 굴어."

장례식장에 가는 길, 야요이는 그렇게 말했다.

울고 싶은 만큼 마음껏 울라고도 했다.

"슬퍼하지 말라고는 안 해. 그렇게 쉽게 마음 추스를 수 없는 것도 알아. 하지만 내가 있다는 사실만큼은 잊지 마. 힘들어서 못 견디겠으면 연락해. 내가 도와줄 테니까. 꼭이야, 알았지?"

친구의 말에 감동했다. 아마 유즈키가 허튼 생각을 할까 봐 걱정한 것이리라.

사실 몇 번이고 죽으려 했다. 매일 아침 침대에서 일어나는 것조차 고통스러웠다. 판매 직원이 우중충한 표정을 하고 있으니 상사에게도 몇 번이고 주의를 받았다.

코로나로 정부의 긴급사태 선언이 있고 나서 매장도

어쩔 수 없이 문을 닫게 됐을 때에는 솔직히 다행이라 생각했다. 하지만 사람과 만나지 않고 방에 틀어박혀 있다 보니 유즈키의 마음은 절망의 심연에서 1밀리미터도 빠져나오지 못했다.

그럴 때 정신적 지주가 돼준 게 야요이였다. 자주 연락을 주었을 뿐만 아니라 시간을 내서 만나러 와줬다. 청소를 하지 않아 어질러진 집을 치워주기도 했다.

최근에는 유즈키에게 남자를 소개시켜줬다. 무슨 의도인지는 안다. 새로운 사랑을 찾으라는 거겠지. 하지만 유즈키는 안 될 거라 생각하고 포기하고 있었다. 도모야보다 더 사랑할 수 있는 상대가 생길 리 없다. 그것이 마지막 사랑이었다. 하지만 친구를 위해 열심히 기회를 만들려 애쓰는 야요이에게 미안해서 오늘 밤처럼 불러낼 때에는 거절하지 않았다.

야요이를 데리고 가고 싶었던 가게는 '트랩핸드'였다. 도모야가 죽은 뒤로는 한 번도 찾지 않았다. 그곳에 가면 도모야와의 추억이 밀려들 것 같아 두려웠다.

택시에서 내려 가게로 걸어가자 야요이는 "비밀 기지 같은 곳이네."라고 말했다.

조금 긴장하며 문을 열었다. 실내 분위기는 마지막에 왔을 때와 달라지지 않았다. 손님은 카운터에 앉은 커플뿐이었다. 그 앞에서 술잔을 닦던 가미오가 고개를 돌리더니 눈을 휘둥그레 떴다.

유즈키는 천천히 카운터로 다가가 자리에 앉았다. 야요이도 옆에 앉았다.

가미오가 다가와 말을 건넸다.

"오랜만입니다."

"오랜만이에요." 유즈키는 꾸벅 고개를 숙였다. "이쪽은…… 친구인 야마모토 야요이고요."

"잘 오셨습니다. 저는 가미오라고 합니다. 잘 부탁드립니다."

가미오는 카운터 아래에서 명함을 꺼냈다. 야요이는 명함을 받으며 "저야말로 잘 부탁드립니다." 하고 대답했다.

"주문은 어떻게 하시겠습니까?"

"그럼 그…… 싱가포르 슬링으로 주세요."

유즈키의 말에 가미오의 오른쪽 눈썹이 꿈틀거렸다.

"괜찮으시겠습니까?"

괴로운 추억을 떠올리게 할까 걱정한 것이리라.

"네. 그 사람 생각에 젖고 싶어서요."

"무슨 소리야?"

야요이가 물었다.

도모야가 사고를 당한 밤에 마셨던 칵테일이라고 이야기했다.

"그랬구나…… 그럼 저도 같은 걸로 주세요."

가미오는 "알겠습니다." 하고 대답했다.

"도모야 씨하고 여기 자주 왔어?"

야요이의 물음에 유즈키는 그렇다고 대답했다.

"식사하고 늘 여기 와서 와인을 마시곤 했어."

"하긴, 술이 세 보이더라."

야요이는 딱 한 번 도모야와 만난 적이 있었다. 둘이 마시다 데리러 와달라고 불렀다. 물론 야요이에게 그를 소개하기 위해서였다.

"싱가포르 슬링입니다."

가미오는 기다란 잔에 담긴 칵테일을 두 사람 앞에 내려놓았다.

유즈키는 잔을 들고 숨을 가다듬은 뒤 한 모금 마셨

다. 산미와 향기가 입안에 퍼져나가자, 즉시 그날 밤의 일들이 떠올랐다. 가슴에 북받쳐 오르는 감정을 억지로 삼키며 눈물을 참았다.

"맛있다." 옆에서 야요이가 중얼거렸다. "도모야 씨는 여기 단골이었어?"

"그런 것 같아. 나하고 사귀기 전부터 종종 혼자 마시러 왔대."

"같은 무대에 선 적이 있었습니다."

가미오가 말했다.

"무대요?"

"지인의 부탁으로 재즈 공연에서 마술을 선보인 적이 있었는데, 당일 무대에 섰을 때 놀랐죠. 밴드가 뒤에 있었거든요. 나중에 물어보니 갑작스레 프로그램이 변경되는 바람에 그렇게 됐다는데, 솔직히 당황스러웠습니다. 관계자가 아닌 사람들이 뒤에서 지켜보는 가운데 마술을 선보인 건, 이전이나 이후에나 그때뿐이었죠."

"그 밴드에 도모야가 있던 건가요?"

"네." 가미오는 고개를 끄덕였다. "우드 베이스의 풍부한 음색이 인상적이었죠. 대기실로 돌아오니 일부러 인사를 하러 오셨고요. 불편하지 않았느냐고 사과하시기에, 그쪽 책임이 아니라고 대답했습니다."

"그런 일이 있었군요. 처음 들었어요."

"오 년 전쯤이었나. 요코스카(横須賀)의 라이브하우스였는데, 평소에는 재즈 공연만 하는데, 어째서인지 그때만 휴식시간에 마술 쇼를 넣게 됐죠. 하지만 적당한 마술사를 찾지 못해 매니저가 저한테 사정했습니다. 오랜 지인이라 일단 승낙하기는 했지만 그런 상황인 줄은 몰랐습니다. 다카토 씨 말로는 그 뒤로 마술 쇼는 뺐다고 하더군요."

저기, 하고 야요이가 끼어들었다.

"마스터는 프로 마술사이신가요?"

"예전에는 그랬죠. 방금 이야기는 은퇴한 지 몇 년쯤 지났을 때라 뒤에서 트릭을 본다 해도 별문제는 없었습니다."

"이곳에서 마술을 선보이기도 하시나요?"

야요이의 물음에 가미오는 웃으며 고개를 저었다.

"여긴 매직바가 아닙니다."

"그러시군요. 아쉽네요."

유즈키가 다시 본 이야기로 돌아갔다.

"도모야는 자주 그곳에서 연주를 했나요? 그 시절 요코스카 라이브하우스에서요."

"얼마나 자주 했는지는 모르지만 하기는 했을 겁니다. 요코스카는 재즈의 도시니까요."

"재즈의 도시……."

잘 먹었습니다, 라는 남자 목소리가 옆에서 들렸다.

가미오는 커플로 보이는 남녀 손님 앞으로 돌아갔다.

"찾아주셔서 감사합니다."

그렇게 말하며 작고 하얀 메모를 카운터에 놓았다. 계산서였다.

남자 손님이 지갑에서 카드를 꺼냈다. 가미오는 카드를 받아 결제단말기에 꽂은 뒤 남자 앞에 놓았다. 남자가 비밀번호를 입력하는 동안 가미오는 고개를 돌리고 있었다.

결제가 끝나자 가미오는 카드와 영수증을 남자에게 건넸다.

"크루즈는 언제 구입하실 예정입니까?"

"글쎄요. 올여름까지는 구입하고 싶은데, 지금은 물

건이 없다는군요."

남자는 잰 체하며 말했다.

"좋은 물건을 찾기를 바라겠습니다. 아까도 말씀드렸지만, 즈시 마리나에 지인이 있습니다. 크루즈를 찾을 때 도움을 줄 수 있을 겁니다."

"그거 좋군요. 기억해두죠. 나중에 신세 질 일이 있을지도 모르겠군요."

"네, 언제든 말씀해 주십시오."

남자는 겉옷을 걸치더니 유즈키 일행의 뒤를 지나 문으로 향했다. 일행인 여성이 뒤를 따랐다. 늘씬한 미녀였는데, 프라다의 롱셔츠드레스를 입고 있었다. 한껏 멋을 부린 걸 보니 중요한 데이트인 모양이라고 유즈키는 생각했다.

"마스터, 즈시 마리나에 지인이 있으세요?"

두 사람이 가게를 나가고 나서 야요이는 그렇게 물었다.

"네. 레스토랑 주방 직원입니다."

"주방 직원이요? 크루즈 구입이랑 상관이 있나요?"

"크루즈를 둘러볼 때 식사를 할 거 아닙니까. 그 레스토랑에 가면 맛있는 요리를 먹을 수 있을 거란 뜻이었습니다."

"네? 그게 뭐예요."

"지인이 크루즈 판매 담당자라고는 한마디도 안 했습니다."

가미오는 태연자약한 얼굴로 말했다. 야요이가 웃음을 터뜨렸다.

"아, 웃겨. 마스터는 재미있는 분이네요."

"이래봬도 엔터테이너이니까요."

문이 열리더니 아까 나간 여성이 다시 들어왔다.

"놓고 간 게 있어서……."

"챙겨놨습니다. 이거죠?"

가미오는 카운터 가장자리에 놓여 있던 손수건을 집어 여자에게 내밀었다. 진작 알아챘던 모양이다.

여자는 손수건을 받으며 친근한 어조로 물었다.

"마스터 눈에는 어때 보여요?"

"크루즈를 새로 산다는 이야기는 거짓말일 겁니다. 애초에 크루즈를 소유한 적도 없을 거고요."

여자는 쯧, 혀를 찼다.

"역시나. 어쩐지 수상하다 했어."

"선박 면허를 갖고 있다는 건 사실일 겁니다. 단, 2급이고요. 마음만 먹으면 이틀이면 따죠."

"젠장, 이번에도 지뢰였네." 여자는 낙담한 듯 한숨을 내쉬었다. "또 알아챈 거 없어요?"

가미오는 고개를 갸웃거렸다.

"이런 말은 좀 그렇지만, 머리는 별로 좋아 보이지 않는군요."

"그래요?"

"스마트폰과 신용카드 비밀번호가 같았습니다. 기억력에 자신이 없는 데다 경계심까지 부족한 거죠."

옆에서 듣던 유즈키는 내심 놀랐다. 어느 틈에 그걸 훔쳐본 걸까.

"큰일이네."

여자가 중얼거렸다.

"다른 곳으로 자리를 옮기는 겁니까?"

가미오가 물었다.

"그러려고 밖에서 기다려달라고 했는데, 급한 볼일이 생각났다고 하고 가야겠어요. 여길 데려오길 잘했네요. 다음에도 잘 부탁해요."

"다시 찾아주시길 기다리겠습니다."

여자가 나간 걸 확인하고 야요이가 물었다.

"방금 그건 뭐예요?"

"별거 아닙니다. 감정을 도와드린 것뿐이죠."

"감정요?"

"결혼 상대에게 가장 중요한 건 경제력이라는 게 저 여성분의 신조라고 합니다. 전에 한번 경제력을 감정하는 걸 도와드렸는데, 마음에 드셨는지 새로운 남자를 만날 때마다 데리고 오시는군요."

"한마디로 마스터의 사람 보는 눈이 확실하다는 거네요."

"그 정도는 아니고요. 그저 거짓말을 꿰뚫어 보는 능력엔 다소 자신이 있습니다. 마술사란 사람을 속이는 데는 전문가니까요."

그렇게 말하는 가미오의 입가에 의미심장한 미소가 번졌다.

3

스마트폰을 보던 야요이가 고개를 들었다.

"괜찮아. 이 길이 맞네. 다음 모퉁이에서 오른쪽으로 꺾으면 그 빌딩이 나올 거야."

유즈키는 다행이라고 생각하며 한숨을 내쉬었다.

처음 찾은 요코스카는 다니기 편한 도시였다. 일방통행인 차도가 많았고, 그 양쪽에 자리한 인도도 널찍했다. 도로 전체가 군데군데 미묘하게 구부러져 있는 것도 세련된 느낌을 주었다. 그 길가에 다양한 음식점이 늘어서 있었다.

"있다, 여기야."

야요이는 걸음을 멈추고 크림색 빌딩을 올려다봤다. 두 사람이 찾는 가게의 간판이 유즈키의 눈에도 들어왔다. 4층이었다.

빌딩에 들어가 엘리베이터를 탔다. 오후 5시가 되기 전이라 오픈까지는 아직 시간이 좀 있었다.

4층으로 올라가자 눈앞에 입구가 나왔다. 오늘 출연

진을 소개하는 간판이 세워져 있었지만 문은 닫혀 있었다.

문손잡이를 잡고 조심스레 당겼다. 잠겨 있지 않았는지 스르르 문이 열렸다. 금세 눈앞에 작은 카운터가 보였다. 셔츠 소매를 걷어붙인 중년의 남성이 선 채로 노트북 컴퓨터를 보고 있었다.

남자가 고개를 들어 유즈키와 야요이를 바라봤다.

"어떻게 오셨죠?"

"히노라고 합니다. 가미오 씨에게 소개를 받아서……."

남자는 표정을 풀며 고개를 끄덕였다.

"전화로 사정은 들었습니다. 먼 곳까지 오시느라 고생 많으셨습니다."

그는 명함을 건넸다. 이름은 가시마라고 했다.

유즈키와 야요이는 안내를 받아 안쪽으로 들어갔다. 넓은 플로어에 다소 작아 보이는 탁자와 의자가 늘어서 있었다. 그 너머로 무대가 보였다.

가시마는 유즈키에게 앉으라고 권했다.

"다카토 씨의 열렬한 팬이시라고 가미오 씨에게 들었습니다."

가시마의 질문에 유즈키는 네, 하고 대답했다.

"유라쿠초(有楽町)에 있는 재즈클럽에서 처음 연주를 듣고 감명을 받았어요. 그래서 연주를 들으러 다녔는데, 최근에는 이름을 거의 못 봐서, 그랬더니 돌아가셨다고……."

"교통사고를 당했다고 들었습니다. 아직 젊었는데 정말 안타까운 일이죠. 괜찮은 남자라 그 친구를 보려고 가게를 찾아오는 여성 손님들도 많았습니다."

"그 사람…… 다카토 씨는 자주 이곳에서 연주했나요?"

"일로 찾은 건 일 년에 한두 번 정도였습니다."

"일로 찾은 건……?"

"손님으로는 자주 찾았거든요. 요코스카를 좋아한다면서요."

"호오……."

유즈키는 얼굴 근육이 굳어지는 걸 느꼈다.

처음 듣는 이야기다. 애초에 도모야가 요코스카에서 연주를 했다는 사실도 가미오에게 듣기 전까지 몰랐다. 어째서 말해주지 않았던 걸까. 시간이 지날수록 마음에 걸려서 견딜 수가 없었다. 그래서 야요이를 데리고 라이브하우스를 찾아온 것이다. 가미오에게 사정을 설명하고 가게 위치를 물었더니, "그러면 제가 매니저에게 연락해두죠."라고 말해줬다.

"손님으로 올 때는 혼자였나요?"

"아뇨. 따님과 함께였습니다. 혼자 온 적은 없었던 것 같은데."

"따님?" 유즈키의 심장이 쿵쾅거렸다. "딸 말인가요?"

"네, 딸요."

가시마는 당연한 소리를 한다는 표정을 지었다.

그럴 리가 없다. 도모야에게는 아들밖에 없었다.

"맞다. 잠시만요."

가시마가 일어나 어딘가로 갔다.

유즈키는 진정하려고 가슴을 쓸어내렸다. 아직도 동요가 멎지 않았다.

"어떻게 된 거지? 딸이라니……."

아요이는 글쎄, 하고 고개를 갸웃거렸다.

"도모야 씨가 재혼한 건 아니지?"

"재혼이라니?"

"전에도 결혼한 적이 있었고, 그때 낳은 아이일지도

모르잖아."

유즈키는 고개를 세차게 저었다.

"말도 안 돼. 그런 이야기는 들은 적이 없어."

가시마가 파일을 가지고 돌아왔다.

"사진이 있네요. 다카토 씨가 돌아가시기 얼마 전에 찍은 겁니다." 그는 탁자 위에 파일을 펼쳐놓았다. 안에는 사진이 붙어 있었다. 그중 한 장을 가리키며 말한다. "여기 찍혀 있군요."

유즈키는 사진을 뚫어져라 바라봤다. 사진 속 인물은 모두 셋이었다. 한가운데에 젊은 여성이, 그 양쪽으로 도모야와 가시마가 있었다. 여성은 훤칠한 키에 세련된 원피스가 잘 어울렸다. 생김새는 다소 이국적이었지만 미인형에 속하는 얼굴이었다.

"이분 성함이 어떻게 되나요?"

유즈키의 물음에 가시마는 미간을 찌푸렸다.

"아, 죄송합니다. 들은 것 같은데 기억에 없네요. 잠깐 실례하겠습니다."

전화가 왔는지 가시마는 안주머니에서 스마트폰을 꺼내 귀에 대며 자리를 떴다.

유즈키도 가방에서 스마트폰을 꺼냈다. 카메라를 켜고 가시마가 이쪽을 등지고 있는 걸 확인한 뒤 사진을 찍었다.

"이 사람, 몇 살로 보여?"

야요이는 사진을 보며 고개를 갸웃했다.

"모르겠네, 이십 대 같기는 한데."

"누구지……."

유즈키의 혼잣말에 야요이는 반응을 보이지 않았다. 뭐라고 해야 할지 난감한 것이리라.

가시마가 자리로 돌아왔다.

"더 궁금한 게 있으십니까? 슬슬 영업 준비를 해야 해서요."

"다카토 씨가 요코스카에 왔을 때 여기 말고 자주 가는 곳이 있었나요?"

야요이가 물었다.

"즐겨 찾는 레스토랑이 있었습니다. 이탈리안 레스토랑인데 이 근처입니다."

가시마는 스마트폰으로 지도를 켜서 장소를 알려줬다.

"그리고 도부이타(ドブ板) 거리를 산책하는 것도 좋아

한다고 했었습니다. 스카잔•을 구입했다고 말했던 게 기억나는군요."

도부이타 거리와 스카잔. 도모야의 입에서 나온 적 없던 단어들이었다.

빌딩을 나와 레스토랑으로 향했다. 마침 저녁 시간이라 그곳에서 저녁을 먹기로 했다. 야요이가 가는 길에 전화로 예약을 해줬다.

길가에 위치한 레스토랑은 통유리로 돼 있었다. 입구에서 이름을 대자 여성 직원이 자리까지 안내해줬다.

메뉴를 보니 채소와 해산물이 들어간 파스타가 명물인 것 같았다. 식욕이 없던 유즈키는 야요이에게 메뉴 선정을 맡겼다. 야요이는 단품으로 몇 가지를 주문했다.

유즈키는 스마트폰 화면에 아까 전 사진을 띄워 여자의 얼굴을 확대했다.

"이 사람은 누구지……."

"도모야 씨가 몇 살이었지?"

"세상을 떠났을 때 마흔넷이었어."

• 광택이 있는 소재에 화려한 자수를 새긴 야구 점퍼로, 가나가와의 요코스카에서 유래했다.

"그럼 만일 스무 실 때 낳은 아이면 지금쯤 스물넷이겠네……."

유즈키의 눈이 휘둥그레졌다.

"젊었을 적에 낳아서 숨겨둔 아이란 소리야?"

"그럴 리는 없겠지? 미안, 잊어버려."

야요이가 황급히 이야기를 마무리했다.

음식이 나왔다. 화이트와인 잔을 들었지만 건배할 기분은 아니었다.

식욕이 없었는데 막상 먹어보니 맛있었다. 깔끔하고 고급스러운 맛이었다. 도모야가 좋아할 만했다. 하지만 그는 유즈키를 이 가게에 데려오지 않았다. 그가 함께 식사를 즐겼던 상대는 다른 젊은 여성이었다.

"생각해봤는데, 난 그 사람에 대해 아무것도 몰랐을지도 몰라." 포크를 쥔 손을 내려놓고 유즈키가 말했다. "나랑 만나지 않는 동안에, 어떤 식으로 살고 있는지 별로 생각해본 적이 없었어. 나에게 보여주는 모습이 그의 전부라 생각했지."

"보통 그렇지. 그걸로 된 거 아냐? 누구에게나 비밀은 있는 법이니까. 그런 건 차라리 모르는 게 나아."

야요이는 위로하듯 말했다.

"모르는 게 좋은 걸 찾아낸 건가?"

야요이는 미간을 찡그렸다.

"신경 쓰지 말라니까. 아마 아무것도 아닐 거야. 지인의 딸이거나, 친척 조카거나, 그런 거겠지."

"그럼 왜 가시마 씨에게 그렇게 말하지 않았는데? 왜 딸이라고 한 거야? 날 이 가게에 데려오지 않은 건 왜고? 요코스카에서 연주를 한다는 사실조차 숨겼어. 그건 왜?"

반박할 말이 없었는지 야요이는 눈을 내리깔았다. 그 모습을 보고 유즈키는 미안, 하고 사과했다.

"너한테 뭐라고 할 일이 아닌데, 미안해."

야요이는 그래, 하고 고개를 끄덕였다.

갑갑한 분위기 속에서 식사를 마쳤다. 계산은 자리에서 하는 것 같아서 종업원을 불렀다.

신용카드를 그녀에게 넘긴 뒤, 유즈키는 스마트폰 화면을 내밀었다.

"이분들 보신 적 있나요? 여기 자주 왔다고 들었는데."

종업원은 화면을 들여다보더니 잠시 후 고개를 끄덕

였다.

"네, 이 두 분이라면 전에 자주 오셨어요. 전에 한번 콘트라베이스를 맡기신 적이 있었죠. 자리에 둘 수 없으니까요. 그래서 기억나네요."

"이 두 사람은 어떤 사이였나요?"

기묘한 질문에 종업원은 당혹스러워하는 눈치였다.

"그건 저도 모르겠네요. 아주 가까운 사이 같아서, 연상연하 커플인가 했는데……. 이분들이 왜요?"

"아뇨, 아무것도 아니에요. 감사합니다."

손안의 스마트폰이 갑자기 천근만근 무겁게 느껴졌다.

가게를 나온 유즈키는 도부이타 거리로 향했다. 좌우지간 도모야가 자주 찾았다는 곳을 모두 보고 싶었다.

도부이타 거리에는 높은 건물은 별로 없고, 작은 상점들이 즐비했다. 바나 레스토랑 같은 곳뿐 아니라 밀리터리 관련 상점도 많았다. 미군 기지가 있는 도시라 그렇겠지. 도시 전체에 미국 문화의 영향이 짙었다.

유즈키는 걸음을 멈췄다. 스카잔 전문점이 눈에 들어왔기 때문이다. 도모야는 이곳에서 스카잔을 구입했을까. 스카잔 차림의 도모야는 상상조차 가지 않았다.

“나, 그 사람한테 속은 걸까.” 가게에 진열된 스카잔을 보며 유즈키는 그렇게 말했다. “그에게는 또 다른 얼굴이 있었어. 나에게는 결코 보여주지 않았던 얼굴이. 어쩌면 그쪽이 진짜 얼굴이었을지도 몰라. 그렇다면 나와 결혼한 뒤에는 그 얼굴을 어쩌려던 걸까. 아니면 결혼할 생각조차 없었던 걸까?”

유즈키, 하고 야요이가 불렀다. “그만 가자. 비도 내리는데.”

그 말을 듣고서야 알아챘다. 차가운 빗방울이 얼굴에 떨어지고 있었다.

다행이라고 생각했다. 빗속에서는 조금 울어도 지나가는 사람들이 알아채지 못할 테니.

4

'소노무라 치과의원'은 고층 빌딩 3층에 자리하고 있었다. 처음 개업한 건 다카토 료코의 조부이니 원래는 다른 곳에 있던 병원을 이전한 것이리라.

통유리로 된 출입문 안쪽 접수처에 여성 직원이 앉아 있었다. 다행히도 대기 환자는 없는 것 같았다. 유즈키는 눈을 감고 심호흡을 한 뒤에 다시 출입문을 바라보며 한 걸음 내디뎠다.

유리문이 자동으로 열렸다. 접수처의 여성이 의례적인 미소를 지었다.

"안녕하세요. 진료 예약을 하셨나요?"

"아뇨, 죄송하지만 진료를 받으러 온 게 아닙니다." 유즈키는 그렇게 말했다. "원장 선생님을 좀 뵙고 싶은데요. 히노라고 합니다. 말씀 좀 전해주실 수 있을까요?"

미리 가져온 명함을 내밀었다.

"원장 선생님께요……?"

명함을 받아 든 직원은 난감한 표정이었다. 의류 회

사 직원이 무슨 볼일인가 싶은 눈치였다.

"돌아가신 부군에 대한 일로 드릴 말씀이……."

덧붙인 말이 효과를 발휘한 모양이었다. 직원의 표정이 갑자기 매서워지더니 잠시 기다려달란 말을 남기고 안쪽으로 사라졌다.

유즈키는 다시 심호흡을 한 뒤 숨을 가다듬었다. 다카토 료코가 어떻게 나올까. 문전박대도 각오하기는 했다.

직원이 돌아왔다.

"여기서 기다려달라고 하시네요."

유즈키는 안도했다. 다행히도 만나주기는 할 모양이다. 소파에 앉았다.

이내 안쪽에서 사람이 나타났다. 퍼뜩 고개를 들어 얼굴을 봤지만 모르는 사람이었다. 치료를 받고 나온 환자인 모양이다.

환자가 계산을 끝내고 돌아간 직후, 젊은 남자가 밖에서 들어왔다. 접수처의 직원과 대화를 나눈 뒤 바로 안으로 들어갔다. 도모야에게 이 병원에는 여러 명의 치과의사가 근무하고 있다고 들었는데, 다카토 료코가 지금 들어간 환자의 진료를 보는 거라면 조금 더 기다려야 할지도 모를 일이었다.

야요이와 요코스카에 다녀온 날부터 일주일이 지났다. 사진 속 여자가 누구인지는 여전히 알아내지 못했다. 도모야와 나눴던 대화를 열심히 반추해봤지만, 단서가 될 만한 건 기억에 없었다. 그의 유품을 조사하면 뭔가 알아낼 수 있을지도 모르지만, 유즈키가 가진 건 없었다. 도모야의 집을 정리한 건 다카토 료코였다.

도모야에게는 다른 얼굴이 있었다. 그건 이제 사실로서 받아들여야 한다. 사진 속 여성은 또 하나의 도모야에게 중요한 존재였겠지. 요코스카에 사는 그녀를 만나기 위해 도모야는 그곳을 찾았다. 그렇게 생각하면 유즈키에게 요코스카 이야기를 한 번도 하지 않았던 것도 수긍이 간다.

도모야를 믿고 싶었다. 속았다는 걸 인정하고 싶지 않았다. 인정하면 그와 보낸 날들의 추억도 모두 부서져버릴 것 같아서.

그만 생각하려고 했다. 요코스카에서 보고 들은 걸 모두 잊어버리면 지금까지의 평화로운 생활로 돌아갈 수 있다. 하지만 그게 불가능하다는 건 누구보다 유즈키 본인이 제일 잘 알고 있었다.

고민 끝에 상처받을 걸 감수하고 진상을 밝혀내기로 결심했다. 이대로는 평생 마음에 걸릴 것 같았다. 그럼 어떡해야 할까.

수단은 하나밖에 없었다.

슥, 공기가 흔들리는 기척을 느끼고 유즈키는 고개를 들었다. 다카토 료코가 서 있었다. 가운은 입지 않았고 브이넥 니트에 청바지 차림이었다.

"기다렸죠. 밖으로 나가죠."

그렇게 말하더니 그녀는 유즈키의 대답을 듣지 않고 나갔다.

복도 끝에 관엽식물이 놓여 있었다. 다카토 료코는 그 옆에서 걸음을 멈추고 뒤돌아봤다.

"장례식 때 보고 처음이죠. 잘 지냈어요?" 말문이 막힌 유즈키를 보고 그녀는 미소를 지었다. "보아하니 잘 지낸 것 같지는 않네요. 오늘은 무슨 볼일이죠?"

유즈키는 숨을 삼킨 뒤 입을 열었다.

"부탁이 있어요. 그 사람…… 도모야 씨 유품을 보여주세요."

다카토 료코의 표정이 싸늘해졌다.

"무엇 때문에?"

"확인하고 싶은 게 있어요. 도모야 씨의 인간관계에 대해서요."

"말을 애매하게 하네요. 조금 더 구체적으로 말해줄래요? 인간관계의 어떤 점을요?"

유즈키는 상대의 눈을 보며 말했다.

"여자관계요."

다카토 료코는 눈썹을 쓱 올리며 말했다.

"어머, 뜻밖이네요. 혹시나 해서 묻는 건데, 그 여자관계란 당신과의 관계도 아니고, 물론 나와의 관계도 아니겠지요?"

유즈키는 그렇다고 대답했다.

"도모야 씨에게 따로 특별한 관계의 여자가 있던 것 같아요. 그게 누구인지 꼭 알고 싶어서……."

"그래서 유품을 보고 싶다는 건가요?"

"네."

"흐음."

다카토 료코는 코웃음을 치더니 턱에 손을 올렸다.

한동안 그 자세로 있더니 유즈키를 보며 대답했다.

"미안하지만 유품을 보여줄 수는 없어요. 그 사람 개인 정보 중에는 우리 가족에 관한 것도 포함돼 있으니까."

"그런 건 절대로 안 볼게요."

다카토 료코는 쓴웃음을 지으며 손사래를 쳤다.

"그게 가능해요? 어떻게든 눈에 들어오게 될 텐데."

"어려운 부탁인 줄은 알지만…… 부탁드립니다."

유즈키는 정중히 고개를 숙였다.

"그러지 마요. 환자들이 보면 무슨 일인가 하겠네요. 고개 들어요."

유즈키는 고개를 들고 애원하는 눈으로 다카토 료코를 보았다.

치과의사는 진저리가 난다는 표정을 지으며 한숨을 내쉬었다.

"그 사람을 아직 못 잊었군요."

얼버무려도 소용없다고 생각한 유즈키는 말없이 고개를 끄덕였다.

다카토 료코는 그렇구나, 하고 중얼거렸다.

"아직도 당신을 괴롭히다니 나쁜 남자네요. 하지만 착

각일 거예요. 당신도 알다시피 그 사람은 그렇게 요령 좋은 사람이 아니었어요. 오히려 요령이 없었지. 여기저기 양다리를 걸치진 못했을걸요. 그러니 재즈 뮤지션과 치과의사를 양립하는 것도 어설펐고 거짓말도 잘 못했죠. 애인이 생기면 나한테 곧이곧대로 털어놓았던 사람이에요. 그런 남자가 당신 말고 또 애인이 있었다고요? 나는 말도 안 된다고 생각해요."

"저도 그렇게 생각하고 싶지만……."

"당신이 그 사람을 의심하는 근거는 뭐죠? 증거라도 있어요?"

"증거라고 할 수 있을지는 모르지만, 어떤 여성과 요코스카에서 자주 만난 건 분명해요."

"요코스카요?"

다카토 료코는 미간을 찌푸렸다.

유즈키는 스마트폰 화면 속 사진을 보여주며 말했다.

"이 사람이에요. 지인에게는 딸이라고 소개했다고 하는데, 자녀분은 아드님뿐이시죠?"

다카토 료코는 화면을 힐끗 본 뒤 알겠다는 양 미소를 지었다. 어깨에서 힘이 빠져나가는 게 느껴졌다.

"이제 알겠네요."

"아신다고요? 이 여성을 아시나요?"

"잘 알죠. 그 사람…… 다카토는 거짓말을 하지 않았어요. 이 아이는 분명 우리 딸이에요."

"네? 하지만……."

다카토 료코는 청바지 주머니에서 스마트폰을 꺼내 조작했다.

"그 사진은 좀 성숙해 보이는데, 당시에는 열일곱 살, 고등학교 삼 학년이었죠. 그보다 이 년 전 사진이 이거고요."

그녀는 그렇게 말하며 유즈키에게 화면을 내밀었다.

화면 속 사진을 보고 유즈키는 숨을 삼켰다. 교복 차림의 남학생이 서 있었다. 여린 외모에서 앳된 티가 났다.

"장례식 때 못 봤어요? 그때는 남자 모습이었는데."

유즈키는 말없이 고개를 저었다. 분향을 올린 뒤에 도모야의 가족들 앞을 스쳐 지나갔을 때는 고개를 숙이고 있었기 때문이다. 아들의 얼굴을 볼 여유 같은 건 없었다.

"당시에는 병설 중고등학교에 다니고 있어서 요코스

카 근처에서 기숙사 생활을 했어요. 학교에는 남자 모습으로 다녔지만 기숙사로 돌아오면 여자로 변신했죠. 학교와 상의해 허가를 받았어요. 이른바 트랜스젠더죠."

말문이 막힌 유즈키는 다시 사진 속 여자를 보았다. 듣고 보니 남자가 여장한 것 같기도 했다. 상상조차 못했다.

도모야에게 그런 이야기는 듣지 못했다. 하지만 그건 그를 탓할 일이 아닐지도 모른다. 그가 가정에 대한 이야기를 하지 않은 건 유즈키를 배려해서였다.

다카토 료코가 다시 입을 열었다.

"그 사람, 그렇게 자주 만나러 갔구나. 그건 나도 몰랐어요. 아이도 아무 말 안 했고. 아마 말하기 어려웠겠죠. 우리가 이혼할 예정이라는 건 아이도 알고 있었으니까. 부부의 연은 진작 끊어졌지만 부모자식의 연은 끊어지지 않았던 걸까."

"부모자식의 연……."

"아무튼 이제 알겠죠? 모두 해결됐네요. 당신은 속은 게 아니에요. 다행이네요."

다카토 료코는 스마트폰을 주머니에 넣었다.

"저기, 아드님은 지금 어디 계시죠?"

"아들이 아니라 딸요. 다카토도 그 아이가 여자라는 걸 받아들였을 거예요."

"아, 죄송합니다. 그럼 따님은……."

"우리 아이가 어디 있는지 알아서 뭐하게요? 요코스카에서 아빠하고 어떤 이야기를 했는지 물어보려고? 미안하지만 아이에게 접근하지 말아줘요. 아버지의 불륜 상대하고 만나고 싶은 자식이 있을까요? 그 사람도 저 세상에서 그렇게 생각할 거예요."

유즈키는 뭐라 반박할 말이 없었다. 머릿속이 여전히 혼란스러웠다.

그럼 그만 가볼게요, 하고 다카토 료코가 뒤돌아 걸음을 옮겼다. 유즈키는 감사 인사를 해야 한다고 생각했지만 목소리가 나오지 않았다.

머리가 제대로 돌아가지 않았다. 넋 나간 사람처럼 있다가 정신을 차려 보니 빌딩 밖으로 나와 거리를 걷고 있었다. 목적지 같은 건 없었다. 다리가 멋대로 움직이고 있었다. 머릿속에서 다양한 상념들이 뒤섞였다.

도모야는 유즈키를 배신하지 않았다. 결혼하자고 했던 말은 진심에서 우러나온 것이었을 테고, 그런 비극

이 없었다면 구체화하기 위해 지금쯤 움직이고 있었을지도 모른다.

하지만 한편으로 그에게 망설임이 있던 게 아니었나 싶기도 했다. 부인과는 헤어질 수 있어도, 자식과 연을 끊는 건 견디지 못했던 것이다. 그럴 가능성은 충분히 있었다.

그건 어쩔 수 없다. 유즈키는 그렇게 생각했다. 세상에는 자식을 학대하는 부모도 있지만 어디까지나 예외다. 대다수의 부모는 평생 자식을 사랑한다. 아이를 위해 자신을 희생하는 것조차 꺼리지 않는다.

도모야도 그랬던 것이다. 몸과 마음의 성이 일치하지 않는 아들이 무척이나 걱정스러웠겠지. 요코스카에 가서 아들과 어떤 이야기를 나눴는지는 모르지만 자신이 살아 있는 한 힘이 돼주겠노라 약속했을 것은 쉬이 상상이 갔다. 그리고 그런 대화를 나누고 있을 때 도모야의 머릿속에 유즈키의 존재는 없었으리라.

영원히 이길 수 없는 사랑의 라이벌이 있었던 거구나. 유즈키는 그렇게 생각했다.

5

신사용품 매장에서 근무한다는 도가시는 사소한 행동거지 하나에서도 기품이 배어 나오는 남자였다.

"어느 날, 친구하고 이야기하고 있는데 한 친구가 그러더군요. 거울은 왼쪽 오른쪽이 반전돼 비치는데, 왜 위아래는 그대로인 거냐고. 무슨 쓸데없는 소리를 하느냐고 웃어 넘겼는데 막상 대답하려 하니 그 질문에 대한 답을 아무도 말 못 하는 겁니다. 두 분은 어떻게 생각하십니까?"

도가시는 유즈키와 야요이에게 물었다. 옆에서 요시노가 히죽거리고 있었다. 아마 답을 아는 것이리라.

"당연한 거 아닌가요?" 야요이가 말했다. "거울이 위아래가 반대면 불편하잖아요."

"그걸 묻는 게 아니잖아." 요시노가 끼어들었다. "위아래가 반대로 비치지 않는 이유를 묻는 거지."

"거울은 원래 그런 거잖아."

"그건 대답이라 할 수 없지."

"음, 모르겠어. 유즈키, 넌 알겠어?"

"아니, 전혀 모르겠어." 유즈키는 고개를 저었다. "생각해본 적도 없어."

"답은 간단합니다." 도가시가 미소 지으며 말했다. "지금 우리는 마주보고 있죠. 이 상태에서 왼쪽을 봐달라고 하면 어떻게 하시겠습니까?"

"어떻게 하다니요. 그야 이렇게 하겠죠."

야요이는 고개를 왼쪽으로 돌렸다.

"그렇겠죠. 마주앉은 저나 요시노와는 반대 방향이죠. 그럼 다음엔 위를 봐달라고 하면 어떡할까요? 이번에는 모두 똑같이 위를 올려다보겠죠. 한마디로 왼쪽 오른쪽은 그 사람의 위치에 따라 달라지지만 위아래는 모든 사람에게 똑같죠. 거울 속에 있는 사람에게도 마찬가지고요. 그래서 위아래는 달라지지 않는 겁니다. 이게 답이죠."

"네? 그게 뭐예요. 무슨 뜻인지 모르겠네." 야요이가 유즈키를 보며 물었다. "넌 알겠어?"

"알 것 같아……."

아하하하, 도가시가 밝게 웃었다.

"그럼 됩니다. 정확하게는 아니더라도 알 것 같은 느낌이 든다는 것만 해도 대단한 걸요. 요컨대, 자신을 기준으로 생각해야 할 일과, 외부에서 부감해 생각해야 할 일이 있으며 그걸 혼동해서는 안 된다는 거죠."

도가시는 하이볼 잔을 들었다.

유즈키는 재미있는 사람이라고 생각했다. 말수는 많지 않았지만 하는 말마다 사람들에게 자극을 줬다. 분명 머리가 좋고 배려심이 있는 사람이겠지.

오늘은 아자부주반(麻布十番)에 있는 닭꼬치집을 찾았다. 야요이가 불러서 온 건 아니다. 유즈키가 먼저 괜찮은 사람이 있으면 소개시켜달라고 부탁했다. 야요이가 요시노와 상의해 도가시를 소개한 것이다.

오늘 밤 모임은 즐거웠다. 음식과 술도 맛있었고 무엇보다 진심으로 웃을 수 있었다. 이만큼 해방감을 맛본 게 얼마만일까.

스마트폰으로 시간을 확인했다. 11시가 돼가고 있었다. 슬슬 야요이에게 신호를 보내야 한다. 이번에는 스마트폰을 왼쪽에 놓아야겠다 생각했다. 도가시와는 조금 더 이야기를 나눠보고 싶었다.

"지금 몇 시야?"

"열 시 오십육 분이네요."

야요이의 물음에 유즈키보다 먼저 도가시가 대답했다. 손목시계를 보고 있었다. 문자판이 투명해 내부의 기계가 비치는 디자인이었다. 사실 아까부터 시계에 눈길이 갔다.

"그 시계, 멋지네요."

유즈키가 말했다.

"감사합니다. 해밀턴의 재즈마스터인데, 스켈레톤이라 마음에 듭니다."

"재즈마스터…… 라는 모델인가요?"

"재즈 음악처럼 혁신과 현대성을 겸비한 컬렉션이었으면 하는 바람을 담아 지은 이름이라는군요. 미국의 정신이라고 할까요."

"그렇군요……."

그런 시계가 있는 건 몰랐다. 도모야는 알고 있었을까.

"그러고 보니 제 조카가 대학에서 경음악 동아리에서 활동하는데, 록이 아니라 재즈를 한다는군요." 요시노가 말했다. "대학 축제에서 공연했더니 신선했는지 꽤 반응이 좋았답니다.”

“신기하네요, 젊은 학생이 재즈라니.”

“친구의 영향을 받은 모양입니다. 그 친구는 돌아가신 아버지가 재즈 뮤지션이었는데, 유품으로 남긴 우드 베이스를 연주하게 됐다나.”

가슴이 철렁했다.

“그 친구 이름이 뭔가요?”

“제 조카요?”

“아뇨, 우드 베이스를 연주한다는 학생 이름이요.”

“아, 이름까지는 모르는데, 인터넷에서 학부를 소개하는 동영상을 보면 알아낼 수 있을 겁니다.” 요시노는 스마트폰을 재빨리 조작했다. “여기 있네요. 이 영상입니다.”

유즈키는 그가 내민 화면을 들여다봤다. 경음악부의 부원들이 연주하는 정지 화면이 차례로 흘러나왔다.

저도 모르게 아, 하고 외쳤다. 우드 베이스를 연주하는 청년의 얼굴이 보였기 때문이다. 요시노가 영상을 정지시켰다.

유즈키는 청년의 얼굴을 뚫어져라 들여다봤다. 다카

토 료코가 보여준, 남자였을 적의 아들과 꼭 닮았다. 게다가 여장 같은 건 하지 않았다. 여장은커녕 수염을 기르고 있었다.

사람을 잘못 본 걸까. 하지만 닮아도 너무 닮았다. 다른 사람이란 생각이 들지 않았다.

"이 사람 이름, 꼭 알고 싶은데 방법이 없을까요?"

요시노에게 그렇게 물었다.

"알겠습니다. 조카에게 물어보죠. 잠깐 기다리세요."

요시노는 스마트폰을 들고 자리에서 일어났다.

유즈키는 옆자리의 야요이를 보았다.

"어떻게 된 거지?"

하지만 야요이는 당혹스러운 표정으로 고개를 갸웃할 뿐이었다.

"우드 베이스를 연주하는 청년에 대해서는 왜 궁금해하시죠?"

도가시가 물었지만 어떻게 설명해야 할지 알 수 없었다. 그냥 좀…… 하고 말을 흐렸다.

요시노가 자리로 돌아왔다.

"알아냈습니다. 다카토 군이라고 합니다. 치대 이학

녀이라는군요."

순간 눈앞이 핑 돌았다. 틀림없다. 도모야의 아들이다. 하지만 왜 남자 모습인 걸까. 여장은 그만둔 걸까.

유즈키, 하고 부르는 야요이의 목소리가 들렸다.

"오늘은 그만 일어날까?"

"아…… 그러자."

도가시와 요시노에게는 미안했지만 술자리를 즐길 기분이 아니었다. 다른 생각을 할 수 있을 것 같지 않았다.

두 남자에게 사과하고 먼저 가게를 나왔다.

"'트랩핸드'에 가자." 가게를 나오자 야요이는 그렇게 말했다. "할 말이 있어."

"뭔데?"

"거기 가면 알 거야."

야요이는 택시를 향해 손을 흔들었다.

택시에 탔지만 야요이는 목적지를 말한 뒤로는 줄곧 말이 없었다.

할 말이란 게 뭘까. 아마 도모야와 그의 아들에 관한 일일 테지만 야요이는 뭔가 알고 있는 걸까.

택시가 목적지에 도착하자 야요이는 스마트폰으로

결제한 뒤 빠른 걸음으로 '트랩핸드'로 향했다. 그 뒷모습에서는 어떠한 각오가 느껴졌다.

가게에 들어섰을 때 손님은 한 명도 없었다. 카운터 안쪽에 있던 가미오가 "어서 오세요." 하고 인사를 건넸다.

"가미오 씨, 오늘은 여기 통째로 빌릴 수 있을까요?"

야요이가 물었다.

"통째로요? 혹시……."

가미오가 유즈키 쪽으로 시선을 던졌다.

"네. 유즈키에게 그 일을 털어놓아야 할 것 같아요. 그때는 다른 손님을 받지 않겠다고 가미오 씨가……."

"알겠습니다."

가미오는 카운터에서 나와 출입문으로 향했다.

"뭔데? 털어놓는다니 대체 뭘?"

"설명할 테니까 일단 앉자."

카운터에 앉는 야요이를 보고 유즈키도 따라 앉았다.

가미오가 카운터로 돌아왔다.

"음료는 뭘로 드릴까요?"

"블러디 메리로."

미리 정해놨는지 야요이가 바로 대답했다.

"히노 씨는?"

"아…… 그럼 싱가포르 슬링으로 주세요."

"알겠습니다." 가미오는 바로 재료 준비를 하다 갑자기 동작을 멈추고 야요이 쪽을 바라봤다. "무슨 일이 있었습니까?"

"유즈키가 봤어요. 도모야 씨 아들이 연주하는 동영상을요. 남자 모습으로."

가미오가 고개를 끄덕였다.

"아, 이해했습니다."

유즈키는 그저 아연할 뿐이었다. 두 사람의 이 담담한 대화는 뭐지?

야요이가 유즈키 쪽으로 돌아앉았다.

"사과해야 할 일이 있어. 내가 널 속였어."

"그게 무슨 소리야?"

"그 사진, 아직 갖고 있어? 요코스카 라이브하우스에서 찾은, 도모야 씨가 모르는 여자랑 찍은 사진."

"갖고 있는데."

"보여줘 봐."

유즈키는 가방에서 꺼낸 스마트폰을 조작해 사진을 불러왔다.

"이 사진이 왜?"

야요이는 화면을 힐끗 보더니 툭 말했다.

"그거, 가짜야."

"뭐라고?"

"한가운데 있는 건 사실 다른 여자야. 거기 도모야 씨 아들 사진을 합성한 거지. 합성사진이야."

"합성? 그럴 리가. 사진을 보여준 건 가시마 씨잖아. 다카토 씨의 딸이라고 들었다고 했고. 너도 같이 있었잖아."

그러니까, 하고 야요이는 말을 이었다.

"가시마 씨도 공범이야. 가미오 씨가 도와달라고 부탁한 거고."

"공범이라니 대체 무슨 소리야? 왜 여기서 가미오 씨가 나오는데?"

유즈키는 카운터를 보았다. 가미오는 말없이 셰이커를 흔들기 시작했다.

"처음에 이 가게에 날 데려왔을 때 일 기억 나? 결혼 상대를 물색하는 여자 손님을 가미오 씨가 도와줬잖아. 그걸 보고 번뜩였어. 유즈키를 속박에서 벗어나게 하기 위해서는 이 사람의 힘을 빌리는 수밖에 없다고."

"속박? 벗어나게 한다니? 무슨 뜻이야?"

"무슨 뜻이긴. 도모야 씨의 속박 말이야. 당시 넌 그 사람 망령에 사로잡혀 있었어. 생활도 제대로 돌아가지 않았고, 안색도 좋지 않았지. 이대로는 안 되겠다 싶어 남자를 소개했지만 전혀 효과가 없었고. 그래서 가미오 씨에게 조언을 구한 거야."

"주문하신 음료 나왔습니다."

가미오가 두 사람 앞에 칵테일 잔을 내려놓았다. 야요이는 곧바로 잔을 들었다. 블러디 메리는 핏빛으로 빛나고 있었다.

유즈키는 싱가포르 슬링을 한 모금 마신 뒤 가미오를 올려다봤다.

"그래서 가미오 씨는 뭐라고 했어?"

"도울 수 있는 일이 있으면 돕겠다고 했습니다."

"그래서 이렇게 물었지. 사실 도모야 씨에게 유즈키 말고 애인이 있던 걸로 할 수 있는 방법은 없겠느냐고.

그 사실을 알면 아무리 유즈키라도 마음이 식을 것 같아서."

놀란 유즈키는 친구의 얼굴을 노려봤다.

"그게 뭐야? 어떻게 그런 생각을 해?"

"제 생각에도 좋은 계획은 아니었습니다." 가미오가 조용히 말했다. "야마모토 씨 심정은 이해가 갔지만, 진심으로 사랑했던 사람과의 추억에 먹칠을 하는 건 역시 너무 잔인한 일이니까요. 어설프게 행동했다가는 히노 씨가 나쁜 마음을 먹을 수도 있었고요. 고인의 명예를 훼손하는 것도 꺼려졌습니다. 그래서 다른 계획을 제안했죠."

"다른 계획이라니요?"

"다카토 씨가 수수께끼의 여성과 주기적으로 만났다는 흔적을 위장하는 것까지는 같았습니다. 하지만 최종적으로는 그 여성이 딸이었다는 걸로 마무리하면 어떨까 했죠."

"그 얘기를 듣고 좋은 아이디어라고 생각했어." 야요이가 말했다. "도모야 씨가 배신한 게 아니라는 걸 알면 유즈키는 마음을 놓겠지만, 동시에 부모자식의 인연이 얼마나 끈끈한지 재확인하게 되겠지. 그러면 그 사이에 자기 자리가 없었다는 걸 깨닫게 될 테고. 하지만 큰 문제가 있었어. 도모야 씨의 아이는 딸이 아니라 아들이었다는 거지. 그럼 요코스카에서 아들과 만났다는 걸로 해야 하나 했지만…….”

“그걸로는 안 된다고 생각했습니다.” 가미오가 말을 받았다. “몰래 만났던 상대가 딸이어야 강한 인상을 남기겠죠. 연상연하 커플로 보일 만큼 친밀했다는 이야기를 듣고 히노 씨는 질투심을 느끼지 않았습니까.”

“연상연하 커플…….” 그 말을 어디서 들었는지 유즈키는 기억을 떠올렸다. 이내 생각이 났다. “그 이탈리안 레스토랑에 있던 직원도 공범이었나요?”

“가시마 씨에게 부탁해 연기를 해줄 만한 사람을 소개받았죠. 야마모토 씨 얘기를 들어보니 모두 훌륭한 연기를 선보인 모양이라 안심했습니다.”

유즈키는 이마를 짚으며 그날 일을 되짚어봤다. 듣고 보니 모든 게 이해가 갔다. 그 이탈리안 레스토랑에 간 것도, 야요이가 가시마에게 물어서였다. 모두 시나리오대로 진행된 것이다.

"도부이타 거리도, 스카잔을 샀다는 얘기도 거짓말이었어?"

유즈키는 야요이를 보았다.

"그래. 로맨틱한 에피소드가 있으면 좋을 것 같아서……."

야요이는 고개를 끄덕였다.

"난 그 얘기 듣고 울었어. 전부 지어낸 얘기였는데. 그런 날 보고 속으로 웃었지?"

"말도 안 돼. 나도 필사적이었어. 속이기는 싫었지만, 모두 널 위해서……."

"됐어. 그만해. 더 듣고 싶지 않으니까." 유즈키는 가방을 들었다. "나 갈게."

"기다려." 야요이가 오른손을 내밀었다. "내가 갈게." 그녀는 일어나 가방을 열었다.

"계산은 됐습니다. 오늘은 제가 대접하죠."

"감사합니다……."

"조심해서 들어가세요."

"감사합니다. 잘 마셨어요."

가미오는 푹 쉬라는 말로 야요이를 배웅했다.

야요이는 가방을 들고 유즈키에게 등을 돌리더니 돌아보지 않고 가게를 나섰다.

카운터에 남겨진 잔에는 빨간 액체가 반쯤 남아 있었다. 왜 오늘 밤에 야요이는 이 칵테일을 주문한 걸까.

"친구에게 우롱당했다고 생각하십니까?"

가미오가 물었다.

"그런 건 아닌데……."

"비밀을 털어놓으며 야마모토 씨도 동요한 모양이군요. 제일 중요한 얘기를 안 하고 가시다니. 히노 씨가 알아야 할 제일 중요한 일인데 말입니다."

"제일 중요한 얘기? 그게 뭔가요?"

"모르시겠습니까? 당신을 속인 공범이 또 있다는 걸."

유즈키는 미간을 찌푸리며 생각에 잠겼다. 이내 퍼뜩 고개를 들었다. 설마…….

"다카토 료코 씨……."

"맞습니다. 그분의 도움 없이 이 속임수는 성립할 수 없었죠. 생각해보십시오. 보통 사람이라면 이런 일에 협조를 하겠습니까? 죽은 남편의 불륜 상대가 정신적으로 힘들어하든 말든, 상관할 바 아니라고 생각하겠죠. 귀찮은 연극에 동참하려고도 하지 않을 겁니다. 게다가 아들이 트랜스젠더라고 거짓말까지 해야 합니다. 여간해서는 할 수 있는 일이 아니죠."

"그런데 왜……."

"누군가가 다카토 료코 씨의 마음을 움직였겠죠. 당신이 하루빨리 마음을 다잡았으면 좋겠다는 일념으로 애원하고 설득했죠. 말할 것도 없겠지만, 저는 아니고요."

"야요이가 그분에게……."

어떻게 설득했을까. 유즈키는 상상조차 가지 않았다.

"블러디 메리. 야마모토 씨가 이 칵테일을 주문한 이유를 저는 알 것 같습니다. 피를 흘릴 각오가 돼 있던 거죠. 친구를 위해서라면, 설령 자신이 상처받는다 해도 상관없다고 생각한 겁니다. 아닙니까?"

뭉클한 뭔가가 유즈키의 가슴에 솟아올랐다.

"무엇이 행복이라 여길지는 사람마다 다르겠죠." 가미오는 조용히 말을 이었다. "하지만 이것만큼은 단언할 수 있습니다. 사람이 살아가는 데 도움이 되는 건 잃어버린 것이 아니라, 손안에 있는 것입니다. 사랑하는 사람은 돌아오지 않습니다. 하지만 히노 씨에게는 당신을 위해서라면 피 흘릴 것도 각오한 친구가 있습니다. 그건 정말 멋진 일이죠. 안 그런가요?"

유즈키는 오른손을 가슴에 올리고 가만히 눈을 감았다. 지난날을 돌이켜보자 지금도 도모야와의 추억이 선명하게 되살아났다. 그에 대한 감정을 주저 없이 토로할 수 있는 건, 진지하게 귀를 기울이고, 슬픔과 기쁨을 함께 나눠준 존재가 늘 곁에 있었기 때문이었다. 그 고마움을 잊고 있던 걸지도 모른다.

눈을 뜨고 가미오를 올려다봤다.

"주문해도 될까요?"

"뭘로 드시겠습니까?"

유즈키는 그가 든 잔을 바라봤다.

"블러디 메리."

오늘 밤은 나도 피를 흘리자. 그리고 이걸로 끝을 내자. 내일부터 다시 태어나는 거다.

"알겠습니다."

가미오가 정중히 대답했다.

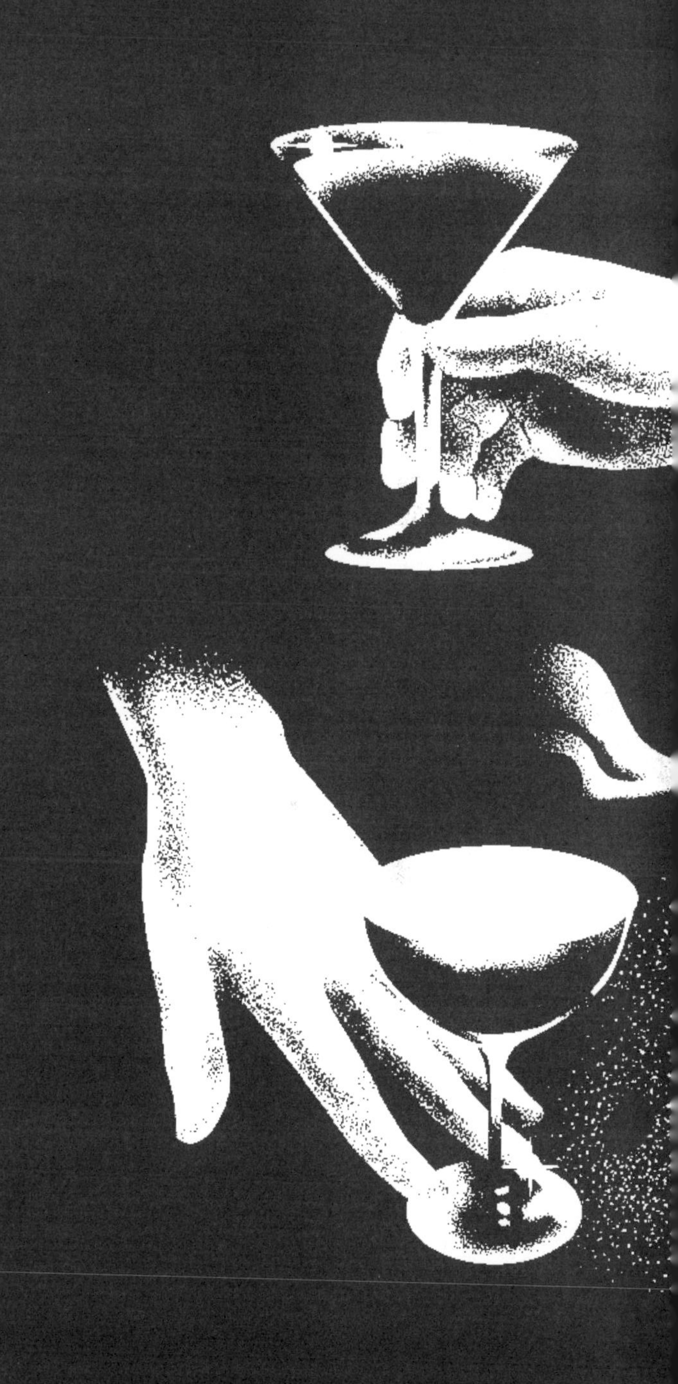

블랙 쇼맨과 환상의 여자

1판 1쇄 발행 2023년 4월 25일
1판 4쇄 발행 2024년 3월 26일

지은이 히가시노 게이고
옮긴이 최고은

발행인 양원석
편집장 김건희
디자인 오필민디자인
영업마케팅 조아라, 정다은, 이지원, 백승원 한혜원

펴낸 곳 ㈜알에이치코리아
주소 서울시 금천구 가산디지털2로 53, 20층(가산동, 한라시그마밸리)
편집문의 02-6443-8902 **도서문의** 02-6443-8800
홈페이지 http://rhk.co.kr
등록 2004년 1월 15일 제2-3726호

ISBN 978-89-255-7663-3 (03830)